文學新象 255

SEX

石田衣良 著

ira ishida

賴芯葳 譯

高寶書版集團

Contents

夜間散步

「準備好了嗎？」

弘明手握住了門把。春天夜晚的金屬門仍舊冰冷。

「等一下。」

惠理子調整著裙子的長短。她已經先沖過澡，髮型跟晚上的妝容也相當完美。最後一個步驟則是反折迷你百摺裙的腰身，將裙擺弄得更短一點。

「這樣應該差不多吧。」

裙襬大約是在膝上二十五公分的地方，腿上則穿著黑色的細網襪。惠理子身材高挑，有雙修長的美腿。腿的長度與肉感形成了恰到好處的平衡，抬起眼望著弘明的眼神更帶著熱度。弘明喜歡那對眼睛。

像是受到誘惑一般，他將手伸入裙襬，用力地拍了拍惠理子的臀部。柔軟的臀肉外頭包裹著輕薄的內褲。帶著像是能吸住雙手的觸感，並且有綿密的彈力；散發著熱度，卻又帶著涼意。

弘明感到自己飢渴難耐。

兩個人在今年春天發現的祕密興趣，夜間散步，稍後即將開始。

那是個悠長又情色的夜晚時間。也是段比起性愛，更為美好的片刻。每當週末來臨，惠理子與弘明便會享受著兩人夜間散步的時間。

弘明打開了金屬門，投身進入柔軟卻又帶些涼意的春宵裡。

惠理子的公寓距離田園都市線二子玉川車站步行約七、八分鐘。這地區雖是著名的流行郊區，但只要稍微遠離車站，四處仍可見到空地、田地或林木。是個悠閒的地區。

從車站走向高島屋的路上，就算到了深夜仍是充滿了人潮。回頭一望，車站上方的天空就像是腫瘤一樣，被燈染得又黑又紅。若再走離公寓一點，路上的行人就會變少，就連經過的汽車也是寥寥可數。

街燈隔著一定的距離豎立在二線道的車道上。左手邊是單身者居住的公寓，右手邊則是梨田。在鐵網的另一側，種滿了與人同高的樹木。

快二十八歲的惠理子，或許是突然對大幅露出腿的迷你短裙感到羞窘，一邊走著，一邊頻頻拉低裙襬。

「沒人看到啦。」

「可是……」

那雙滿載不安的溼潤眼睛緊緊盯著弘明。對弘明來說，那雙眼比起豐滿的乳房或是張開的雙腿，有著更強烈的吸引力。當惠理子到了另一側的世界，就會露出這眼神，雙眉更像是相當困擾似的低垂。那是開啟性愛開關時的眼神。

弘明看了看前後，確認四下無人之後，便掀起惠理子的黑裙。

「別這樣。」

弘明的手立刻被推了開來。由化學纖維組成的百褶裙就像是黑色的水一樣，流洩而下。弘明故意揶揄說道：

「為什麼？妳都特地穿著吊襪帶跟蕾絲內褲來了，就讓其他人看看啊。」

惠理子低下頭，紅著臉反駁：

「那是因為弘說那樣穿比較好呀。」

「真的只是因為這樣？」

「壞心眼。」

惠理子的聲音甜得像能將人緊緊覆住似的。弘明伸手探入胸口大敞的毛衣裡，在粗編的灰色毛衣下頭，只剩下一件長袖T恤。惠理子在晚間散步時總是不穿內衣。男人的手穿過毛衣，觸碰了胸前的突起。

「還不可以啦……不行。」

惠理子雙手從毛衣上頭抓住了弘明的手，雖然因此無法大幅動作，但指尖仍能自由動作。他用食指與中指夾住惠理子較為敏感的左方乳尖，用手指緩緩捏住後，便察覺到惠理子的乳尖挺了起來。弘明注意著夜晚街道的動靜，腦海裡仍不禁思考著為何女人的乳頭觸感就像是天鵝絨一般呢？無論撫摸過幾次仍是如此新奇，不曾厭倦。

惠理子的手逐漸鬆了開來，有時身體更會輕輕地顫抖，抬起那雙可憐的雙眼望向弘明。但弘明卻裝作不懂惠理子的懇求，伸手環住惠理子的肩膀，不斷撫摸著她的乳尖。

「有感覺嗎？」

惠理子點了點頭，咬著唇小心不讓聲音流洩出來。畢竟這裡還是雙線道，對惠理子來說，街燈似乎也過於明亮。但只要再往前走幾分鐘，爬上小坡後就有條連汽車都進不來的昏暗小徑。在走到那裡之前，就先只撫摸胸部吧。畢竟夜晚的散步才剛開始。

「為什麼？」

惠理子泫然若泣的雙眼探問著答案。

「為什麼在外頭被撫摸就會有感覺呢？」

弘明沒有回答她，心裡又起了惡作劇的念頭，用力捏了捏惠理子的乳尖，再用指腹壓了下去。惠理子用甜美的聲音抱怨道：

「好痛。」

「是因為惠理子很色，在外面才會比較有感覺吧？覺得自己正在做壞事，或是會被別人看到；不過，實際上誰也沒有看到，都是妳自己胡亂妄想，才會因此有了感覺罷了。」

「才不是呢。」

弘明的手從毛衣裡退了出來。但重獲自由的惠理子不僅沒拉開距離，反而自己靠了過來。一陣風吹過梨樹的枝葉後，溫柔地從兩人之間穿過，吹亂了惠理子的裙襬。只要看見自動販賣機的藍光像是燈塔一樣，浮現在黑夜之中，就知道他們快走到轉角了。

「你自己還不是興奮了。」

惠理子把身子靠在弘明的肩膀上繼續走著。左手畫出如小舟般的弧度，探向牛仔褲的前端。弘明的陰莖已經硬挺到了極限，惠理子露出惡作劇般的眼神，手指從底端緩緩滑向尖端。

「前面好像有點溼溼的。」

弘明也不甘示弱，將手探入裙底，隔著內褲描繪著若隱若現的肉體線條。就算隔了兩層布料，還是能感覺到溫熱的黏滑液體。

「呀……」

惠理子不禁叫出聲來，只見弘明又接著說道：

「只不過摸了摸胸部，妳還不是溼了？」

惠理子滿臉通紅低下頭來。

「為什麼會這麼溼？」

「不管是誰，只要被那麼撫摸都會這樣嘛。」

惠理子似乎鬧起了脾氣。弘明在轉角的自動販賣機前停下腳步；包裹著網襪的女人腳尖從涼鞋的鞋尖探了出來，散發出一種難以言喻的性感。

「我口渴了，一起喝點什麼吧？」

在藍色螢光燈的照耀之下，惠理子敞開的胸口也閃著藍光，她似乎微微出了點汗，鎖骨凹陷處更是反射著溼潤的光芒。

「那我要喝冰的茉莉花茶。」

「好。」

弘明從牛仔褲的口袋裡掏出被體溫染得溫熱的零錢。發出「喀嚐」一聲巨響後，弘明拿出了鋁罐，拉開了罐口後咕嚕咕嚕地喝著冰涼的中國茶。最後他含了一口在嘴裡，拉近惠理子；他抬起將身體依靠在自己身上的惠理子下巴，讓她的臉往上看後，脣瓣相接，一口氣將茉莉花茶送進了她的嘴裡。

惠理子的喉嚨上下了兩次，努力想要喝進中國茶，但溢出來的花茶沿著脖子滑了下去。弘明的舌尖輕舔流到脖子的水滴，一路往下直到胸口中央時，先確認四周是否空無一人。

弘明一口氣將惠理子的毛衣拉了下來，右肩與右乳房隨之暴露在夜晚的空氣中。他低下頭，吸吮著硬挺的乳尖。乳尖應該沒有味道，但為何卻能讓人吸舔這麼久呢？每次當他吸吮著乳尖時，總會忍不住浮現這問題。

「不行！弘，我會站不住啦……」

聽到惠理子急迫的聲音，弘明才鬆開了口。這是因為，要是讓惠理子在外頭高潮的話，就傷腦筋了。夜晚散步時的惠理子比在房間時要來得敏感上好幾倍。在那之後她甚至會無法站起身來，只能蹲坐在夜晚的路旁休息上二十來分鐘。

弘明拉開距離後，惠理子便動手整理毛衣。他將茉莉花茶遞了過來，說道：

「還有剩，要喝嗎？」

「嗯。」

惠理子一臉苦悶地點了點頭，額頭上黏了幾綹頭髮。她就站在自動販賣機旁，沐浴在藍色燈光下，喝著金屬鋁罐裡的冰涼花茶。瞬間弘明感覺惠理子就像是未曾相識的女性一般，緊緊盯著她的身影。他們已經交往了快一年半的時間。雖然人們常說性方面契合有多麼重要，但短短幾個月怎麼能了解那種事呢？自從第一次在晚上出門散步後，也過了一年的時間，弘明與惠理子肉體的契合度依舊不斷上升。看來，性愛也有著與活著一樣的不可思議存在。

「你在看什麼？」

弘明反倒害羞了起來。

「覺得妳的身體很美。」

「真是淫亂的身體。」

弘明伸出了右手。

「妳討厭淫亂的人嗎？」

惠理子握住了男人的手，將身軀靠了上去。

「我喜歡啊。只要是弘明做的事，不論多麼淫亂我都喜歡。」

他接過空罐丟入垃圾桶裡。住宅區裡響起了短暫的聲響。

「好了，走吧。」

兩個人勾起了手，朝著山丘走了上去。

小徑不到二公尺寬，一開始雖然相當和緩，但中途就會變成陡急的上坡。抬頭可見像是要占據天空的青竹，樹葉聲像是流水一般，從兩人的頭上流洩而去。春天的夜空裡掛著輪廓模糊的輕柔灰雲，潮溼的褐色包裹著大地。

這條路上的光線，就只有每隔著數十公尺豎立的微弱螢光燈。弘明的右手又圍上惠理子的脖子，手掌則探入了胸口。若是他張開手掌，拇指與小指的指尖就能碰觸到左右兩邊的乳尖。

「不可以一次碰兩邊。」

惠理子雖然想阻止男人的動作，弘明卻用左手捉住她的下巴，邊走著邊給她一個深吻。因為剛才喝了茉莉花茶，兩人的舌頭還很冰冷。但是，在互相探尋著口腔深處時，立刻又火熱騷動了起來。女人的舌頭比男人要來得又薄又軟。

惠理子的右手往下觸碰了弘明的牛仔褲。拉住了拉鍊頭後，便緩緩往下移動，隨後指尖從三角褲前頭的縫隙滑了進去。散發著熱度的陰莖被冰冷指尖包裹的感覺相當舒服。惠理子穩穩地握住陰莖之後，往前滑至帶著渾圓曲線的前端。她的拇指在上頭畫著圓，讓自己的指尖沾滿了弘明的液體。隨後，惠理子抽出了手，將拇指含進嘴裡，以舌頭品嚐著對方的味道。眼神裡帶著有些害羞的情緒，她說道：

「真的很甜喔。」

她又露出了那眼神。弘明原本打算忍耐，卻無法阻止自己身體的行動。弘明的右手抱住了惠理子的後腦杓，用了點力氣往下壓，示意對方在原地蹲下來。同時，他的左手解開了皮帶，將牛仔褲退至膝蓋，讓陰莖從內褲裡解放。

惠理子沒有絲毫猶豫就將弘明含入嘴裡，一開始先用舌尖將前端的溼潤全部舔得一乾二淨；惠理子曾經說過她喜歡那味道。她被網襪包裹的膝蓋跪在夜晚的道路上，嘴更忙著吸吮。弘明更知道，每當腰輕輕顫動時，先端就會溢出透明的汁液。

「看著我的眼睛做吧。」

雖然惠理子一時抬起頭望向弘明的眼睛，卻又像是害羞似的閉起了眼。弘明往前弓下身子，將雙手探往惠理子的胸部，邊揉捏著柔軟的乳房，又用兩隻手指搓揉著乳尖。惠理子的鼻子發出了甜蜜的嘆息，更將嘴脣前後動作，舌頭左右吸舔。這是弘明最有感覺的方式。

再這麼下去，弘明可能會先投降也說不定；他將雙手放在惠理子的肩上，往後退開。

「謝啦，雖然很舒服，但我快忍不住了。」

惠理子則是一臉可惜地站起身。

「有什麼關係，要是你射在嘴裡，我也能全部喝下去呀。」

弘明吻上了帶有自己陰莖味道的嘴脣，嚐起來有些鹹味。為什麼惠理子會覺得甜呢？他將自己整個被唾液沾溼的陰莖收進內褲後，拉起牛仔褲。山坡小徑才走了一半。

兩人又搖搖晃晃地走了起來。雲被風吹開，缺了一半的黃色月亮照耀著住宅區。兩個人走在四處殘留著道路鋪裝接縫的路上。柔和的月光輕輕落在坡道上頭。

弘明毫無遲疑，就將右手伸入了裙子裡頭；惠理子則緊緊抱住他的手腕，低了下頭。一開始先摸到蕾絲內褲與吊襪帶中間露出來的大腿肌膚。大腿內側的肌膚觸感光滑柔嫩，男人的手指輕易就沒入其中。那分觸感不像是肉，反倒更像是灌滿了熱水的氣球。受到那奇妙觸感的吸引，弘明的指尖不禁輕拍、撫摸、揉捏，不斷玩弄著惠理子。

玩膩之後，他則伸出了中指，抵上內褲底部。惠理子下體的溼潤已經穿透兩層布料，分量比一開始更加澎湃。當弘明的指尖在性器上方描繪時，惠理子不禁顫動身子，用力抱緊他的手腕。

這更引起了弘明的肆虐心，他保持著若有若無的距離前後移動著手指。蕾絲內褲的底部現在已經像是被潑了水一般潮溼。他又接著在惠理子的耳旁低聲說道。

「要是再溼下去，內褲會留下印子喔。」

惠理子只是否定似的搖了搖頭，卻沒有開口否定。左手邊可以看見如玩具一樣的公寓社區。在土台上方，有著相似外觀的房子們整齊地排在一起。弘明停下腳步，站在街燈光圈的正中央。

「在這裡脫下來看看。」

惠理子滿臉通紅，害羞地垂下了頭。

「快點，不然會有人來喔。」

惠理子穿著涼鞋的腳尖站成內八狀，她縮著背，乳房也充滿重量地在毛衣裡垂了下來。她低聲說道：

「知道了啦，你轉向那邊。」

弘明背對惠理子，但仍然可以感覺到身後女人彎下身子的動作。接著惠理子開口了。

「手伸出來。」

弘明依舊保持背對的姿勢，將右手伸了出來。

「給你。」

還帶著溫熱的布被塞進了弘明的手心。拿到胸前展開後，可以看見上頭是黑玫瑰的手工刺繡蕾絲圖樣，更可見到上頭留有透明的水滴。弘明將惠理子的內褲塞進自己的牛仔褲口袋裡。

「走吧。」

惠理子點了點頭，又抱住了男人的右手。

「覺得下面涼涼的……」

為了消除害羞的情緒，惠理子開朗地說道。但弘明卻在她話聲未落時，又將手指沒入惠理子的身體裡。他的中指彎折，撫摸著起伏的內壁。惠理子稍稍彎起腰忍耐著那刺激。

「突然這樣太過分了！」

「那好吧。」

他抽出中指，將溼潤的手指放到惠理子的嘴脣前。惠理子伸出舌頭開始舔起男人的手指，弘明卻中途將手指抽了回來，放入自己嘴裡。

「有惠理子的味道。」

弘明直直望入惠理子不安的眼睛，邊用舌頭舔著自己的中指。惠理子則是眼神迷離地注視著弘明的動作。之後，兩人又再次朝向下個街燈前進。

弘明用中指指腹緩緩撫摸著惠理子的陰核。惠理子的大腿到膝蓋之間，全都被流出來的愛液濡溼了。在爬上急陡的上坡時，弘明依舊用中指玩弄著她的陰核與內壁。而惠理子似乎已經無法壓抑住嬌聲，只能像疲勞不堪的跑者一樣急促喘氣。

在這山坡上頭有座小小的兒童公園。目前還不能讓惠理子達到高潮，於是弘明避開她最敏感的地方，他用三隻手指撐開薄嫩的陰脣，但手指總是滑開，無法順利夾住她的陰核。惠理子只能不斷喘息著。

他們穿過兒童公園的鐵管柵門。遊樂設施在夜晚看來就像是孤獨的現代雕刻一般，盪鞦韆、溜滑梯、攀登架。正中間則有著橘色的鐵柱，上頭點綴著明亮的白色螢光燈。

弘明與惠理子步伐不穩地踏進了兒童公園，一直線走往突出山丘的木製展望平台。二子玉川的街燈夜景在兩人腳下展開。弘明親吻著惠理子，將手指探入她的身體。惠理子也伸出舌頭回吻，右手握住了弘明的陰莖。

惠理子單手抓住眼前綠色的柵欄，向後翹出臀部，將黑色的百褶短裙掀起後回頭望向弘明。在昏暗的黑夜裡，惠理子的眼睛卻閃耀著慾望的光彩。

「雖然我很想在這裡做，但還是不行吧？」

弘明感覺自己的喉嚨乾渴不已，只能嘶啞地回道。

「嗯，不能在外面做到最後。」

惠理子溼潤的眼神望著弘明。

「那用手指就好了，拜託。」

弘明疊起食指與中指，深入了惠理子的身體裡。毫無抵抗輕易吞入兩根手指的臀部，開始朝著左右搖擺蠕動。弘明交錯望著惠理子的臀部與眼前的街燈夜景。在二子玉川的上頭，黃色的半月緩緩滑動。

惠理子牢牢抓住柵欄的鐵網，嬌聲叫道。

「不行，我快要……」

弘明聽話立刻抽出手指，從後頭抱住了惠理子的身軀。

「回去吧，惠理子。」

惠理子則一臉苦悶。

「我現在就想要。」

眼前壯觀的夜景已經進不到兩人的眼裡。他們併著肩，快步離開兒童公園。路過下坡的小徑時，甚至還小跑步了起來。來時分明數度停步，互相摸索對方身體的路途，現在卻像是被沖昏頭一般快速穿過。就連在這時候，弘明的中指依舊埋在惠理子的身體裡，惠理子也從牛仔褲上頭牢牢地握住陰莖。

只花了去程約三分之一的時間，兩人就回到了公寓。解開公寓大門的自動鎖，兩人在電梯裡依舊緊緊相擁，唇舌緊緊交纏。在金屬大門平均間隔聳立的走廊上，他們的上半身也是密不可分地貼在一起。

在打開門鎖時，弘明從背後抱住了惠理子。

「再一下子就好，等等。」

惠理子拉開了門。緊接在立刻踏入室內的惠理子之後，弘明也邊解開自己的皮帶，穿過了大門。惠理子伸手關掉玄關會自動感應的燈光後，將手扶上冰冷的門扉，更掀起了黑色的百褶短裙。狹小的玄關頓時充滿了濃厚的女性香氣。

弘明脫下鞋子，再急躁地將雙腿從牛仔褲裡抽出來，黑色的三角褲隨意丟入走廊深處。關掉燈光的玄關，是一片完美的黑暗。惠理子將手往後伸，握住了弘明的陰莖。

「快點給我。」

弘明緩緩地將陰莖插入惠理子的內部，他從來不會一口氣插入到最深處，而是緩慢地像是蟲爬一樣，一點一滴地將自己推入。從大腿內側一路濡溼到膝蓋上方的女性器一點抵抗也沒有，就吞沒了毫無溼潤的陰莖。

「好棒……」

惠理子無法克制地低聲輕喘。弘明也是一樣，就像是用溼潤的手握住陰莖先端一樣舒服。弘明花上大把時間，終於要進到女人身體的最深處時，惠理子的臀部卻開始顫抖了起來。

「我已經……不行了。」

惠理子似乎到達了今晚第一次的高潮。她用力夾緊雙腿，就連小腿肚都隨之痙攣。高潮的顫抖也穿過了內壁，傳到了弘明的陰莖。原本他還以為自己能忍得住，但那衝擊卻像是被從背後狠狠踢了一腳似的，直直傳到他的陰莖前端。

「我也不行了，惠理子。」

「沒關係，全射在裡頭吧。」

弘明的腰往前頂起，惠理子則像是要接納一切似地將臀部往後翹起。隨著自己劇烈的心跳，弘明就連最後一滴也全都吐在惠理子的體內。這真的是快樂的行為嗎？弘明只覺得痛苦不已，畢竟這行為就等於是有火熱的液體硬是穿過自己陰莖裡頭狹窄的通道。

「好棒，我可以感覺得到。」

惠理子自稱喜歡這種感覺，甚至願意為此吞避孕藥。她喜歡感受精液射入自己的身體內部，也喜歡在那之後在馬桶上看到精液緩緩流出的景象。

惠理子就這樣滑坐在玄關的地板上。由於陰莖還在惠理子的身體裡，弘明也隨著坐了下來。惠理子伸出了手揉亂弘明的頭髮。

「好舒服。」

弘明的呼吸終於恢復平緩。

「我也是，實在無法再出門一次了。」

惠理子低聲笑道。

「那，要不要去床上再做一次？」

弘明的陰莖依然硬挺。

「好啊，不過我無法再出去散步一次了。」

惠理子似乎突然想起了什麼。

「剛剛的內褲還給我吧？」

弘明聽到，就將已經冰冷的蕾絲內褲還了回去。惠理子則是將皺成一團的內褲夾在大腿內側，走向了臥室。應該是為了不讓弘明的精液弄髒地板才這麼做吧？弘明則是撫摸著惠理子的臀部，踏入了昏暗的走廊。

接下來要在床上做點什麼？畢竟，今晚才只試了一種惠理子喜歡的方式。

沉溺文字

夏天的圖書館就像是水族館一般。

考生們在開館的同時川流而進，安靜地穿過走廊，就像是被大型洄游性魚類追趕的小魚。不，比起魚或許更像是閃著藍色燐光的花枝。考生們爭先恐後地爭占閱覽室的桌子，縮起了背，散發著藍色的苦痛。

明年自己也會變成這樣的花枝吧？國三與高三，看來三實在是個被詛咒的數字。高木雄一郎是十四歲的國中二年級生，學校就在這間區立圖書館附近。雄一郎個性並不外向，朋友不多，時常都是自己一個人。

今年夏天，他總是說著要去讀書，就帶著參考書每天去圖書館報到。當然，他根本沒有讀書，更沒有寫作業。他只是在開架式的書海裡，尋覓著自己喜歡的小說。對國中生來說，閱讀大人的小說可是刺激得不得了的行為。

雄一郎以前曾在同班同學的家裡看過成人DVD。在四十二吋的電漿電視裡，映照出整面被潤滑液沾溼的黏膜。那時，雄一郎的陰莖雖然硬得發疼，但心理上卻一點感覺也沒有。感覺就只是肉體對肉體產生了反應。

比起赤裸裸的視覺情報，還是鉛字要好上數十倍。他讀了一遍又一遍，讓想像逐漸豐滿，讓自己融入書裡的情況。文字不只是能觸動肉體的表面，更能自由來去內心深處；還能超越無法跨越的男女高牆。若性愛只是單純的黏膜接觸，那實在沒什麼大不了。對高品味的十四歲來說，這點實在不難了解。性愛最重要的就是，究竟能在那段時間裡，在內心與身體之間穿梭往返幾百次。

在雄一郎勉強占下來的桌子上方，疊放著三本書；《癡人之愛》、《南回歸線》、《波特諾伊的宿怨》。無論是哪一本，他都特意挑出情色描述的部分閱讀，雖然其他部分都隨意跳過，但也已經相當了解小說內容了。

最讓雄一郎有同感的是《波特諾伊的宿怨》。雖然雄一郎幾乎每天跑來圖書館，一本接著一本地讀著情色小說，卻幾乎沒看過這麼大量書寫自慰的作品。主角每天都瘋狂不斷地自慰。那位猶太少年，無論是看到雜誌的泳裝照、街角的廣告海報、從裙子底下露出來的大腿，甚至連拔光毛的雞肉都能產生性衝動。書中描述他坐在巴士後方座位，射精在待烤全雞裡的場面實在可稱為傑作。

雄一郎是去年年末時，從同班同學那裡聽到方法的。至今他依舊記得一清二楚。冬天，在密閉的房間裡，只有空調安靜地吹拂著溫風。陰莖就像是包裹著天鵝絨的鐵棒一樣硬挺，他一開始只將牛仔褲拉到膝蓋上頭，但中途就覺得麻煩，乾脆全部脫掉。在他不斷上下摩擦後，前端也逐漸累積了光與熱。人類的身體就像是核融合反應爐，只要右手來回摩擦，甚至就能在體內凝聚出小小的太陽。

在那之後又過了八個月，雄一郎的自慰生活相當順利。雖然他無法像班上最強壯的大久保弘毅一樣一天八次（那的確是相當值得尊敬的偉業）。但他每天固定一次，在少數身體狀況好的時候，也會自慰兩次。

圖書館可說是對自慰最有正面效果的地方。但光只有自慰實在乏味；閱讀著美妙的性愛場面，讓自己一整天都維持著飢渴難耐的狀態，到了晚上再獨自解放累積許久的能量，這樣才能將快樂濃縮到最大程度。對雄一郎來說，在圖書館的時間就是漫長的前戲。

「高木，你桌上那是谷崎的《癡人之愛》對吧？」

一聽到頭上突然落下了話聲，雄一郎不禁僵住了身子。在自己陰莖勃起時，聽到同班女同學的聲音就跟聽到槍聲一樣嚇人。他害怕地抬起頭，發現眼前站著的是澤井明日香。他曾經在圖書館看見她好幾次，也曾經遠遠地打過招呼。

「對啊。」

明日香蓄著一頭筆直的短髮。她分明不怎麼認真讀書，也沒有補習，成績卻都一直保持在班上前三名。身材嬌小但比例很好，五官也相當立體。一般來說，她應該會成為班上的偶像才對，但卻從沒有任何一個男生說過喜歡明日香。這是因為，明日香是個有時會說出讓周圍啞口無言的大膽言論，更讓人難以捉摸的危險女孩。

「還有羅斯的《波特諾伊》跟米勒的《南回歸線》對吧？」

雄一郎只能默默點頭，而明日香則是咧開嘴角低聲笑道：

「我也全部看完了，每一本都很色，很有趣。」

就算拚了命偽裝，雄一郎也能清楚察覺自己已經滿臉通紅了。沒想到明日香卻像是要再補上致命一擊似的說道：

「高木，你現在硬了吧？」

鄰桌的考生突然一臉嚴厲地瞪著雄一郎；這國三考生長得不怎麼樣，肯定還是處女。

「明日香，妳幹麻？找我有事嗎？」

她身著較短的牛仔褲，可以看得到線條明顯的腳踝，上身搭配了一件深藍色的無袖T恤。在明日香較不顯眼的胸部上，用銀色筆記體印上了「SEX CRAZY」的字樣。

「我有話想跟你說。」

但雄一郎絲毫不想離開眼前的文字樂園。在這座樂園裡，其他人都是阻礙。

「我沒什麼要說的，妳走開啦。」

明日香又笑了笑，兩手在嘴前做成喇叭狀，低聲對雄一郎說道：

「我會大叫『這個人在圖書館裡勃起喔！』」

在閱覽室靜寂的空氣之中，雄一郎只能全面投降。

休息區有三台併排的自動販賣機。其中兩台販售罐裝飲料，另一台則提供以紙杯盛裝的現沖咖啡。窗邊有著灰色的塑膠長椅，明日香與雄一郎端著冰咖啡一起坐在上頭，腳直直地往前伸。

「我知道你們男生平常都在聊什麼喔。」

雄一郎一句話也沒回，只是瞪著眼前的封死的窗戶。夏天特有的青綠與水泥相互映襯的停車場上，腳踏車就像是整好隊的昆蟲一般停駐著。空調冰涼的空氣充滿了走廊這四方形的空間。

「你們總是竊竊私語在討論一天做了幾次對吧？每天都只會講自慰的話題。」

他喝了一口雙倍牛奶且加了砂糖的冰咖啡，又甜、又冰、又苦，這是屬於大人的飲料。

「女生不聊這個嗎？」

明日香緊緊盯著雄一郎，她的眼神裡肯定隱藏了些什麼，卻絕不會讓人識破。就像是一本相當難讀的書。

「男生們真好，可以隨時聊那種色色的話題。甚至還可以大大方方地說著自慰的話題，像是昨天做了三次之類的。」

跟同班女生聊自慰的話題，實在很尷尬。但當雄一郎默不作聲時，明日香便將身體往雄一郎那邊探了過去。

「高木也有做嗎？一天三次。」

「我沒辦法那麼多啦，頂多一天一次。」

明日香瞇起了眼，看向了雄一郎。

「我也每晚都有自慰喔。」

聽到明日香突然說出這種嚇死人不償命的話來，雄一郎又僵直了身體，但明日香卻只是淡淡地繼續。

「我從九歲的時候就開始自慰，現在已經變成習慣了。要是不做反而會睡不著，會覺得心裡癢癢的。高木也是這樣嗎？」

那種心癢的感覺，究竟是怎麼回事？雄一郎只覺得似乎有朵火熱的雲朵包圍住自己的腰身。

「對啊，我也是每晚都做。」

「什麼時候開始？」

「十三歲的時候。」

「原來你還只是初學者嘛！我可以算是你的前輩喔，自慰的前輩。」

雄一郎差點就將冰咖啡噴了出來。照她這說法，那麼這世上過半數的男女全都是雄一郎的前輩。接吻的前輩。愛撫的前輩。做愛的前輩。

「不過，我覺得很開心。」

明日香的腳像是在游自由式一樣，上下拍打著空氣。

「我從以前就在這間圖書館裡，讀了很多有情色場面的小說。高木你完全沒發現吧？我有時候會悄悄跟在高木後頭，偷看你究竟選了怎麼樣的書。不是我自誇，但有八成都跟我重複了。」

雄一郎將身體轉向明日香，就算兩人的眼神相接，她也絲毫不避諱。一雙眼珠子就像是漂亮的玻璃珠一樣。

「明日香也覺得書比較色嗎？」

「嗯，我爸是這方面的收藏家，收集了不少色色的 DVD；可是我覺得比起那種東西，還是書比較好。」

聽到這番話，雄一郎差點忍不住要與明日香握手了。

「就是說啊，為什麼大家都喜歡照片或是影片？分明文字比較有魅力啊。」

明日香又咧開嘴笑道：

「你明天還是會繼續來圖書館對吧？那等到你對情色書籍的情報或自慰的話題，甚至是已經膩了不想讀書的時候，就來做吧。我自己一個人已經覺得太無聊了。」

「嗯，好啊。」

雄一郎點了下頭後，喝光了剩下的冰咖啡。混濁湯漿濃濃地沉積在紙杯底部。喝下最後一口咖啡，嘴巴裡頭不禁甜得發麻。

隔天開始明日香與雄一郎便會坐在長椅上聊天。雄一郎打從心裡覺得不可思議，他原本以為自己可以毫無保留的完全說出口，但一想到對方是女性，就無法完全誠實。忍不住就想要在對方面前展現出好的一面。分明是要詳細告訴對方自己是用什麼方法自慰，卻又開始裝模作樣了起來。看來人類就算赤身裸體，似乎也無法從自戀之中解放。

幾天之後，兩個人為了找尋對方推薦的書，前往開架式的書庫。這棟區立圖書館是棟老房子，書庫的地板是如船艙裡刻有防滑圖樣的鋼板鋪成，再用深綠色的油漆層層刷塗。天花板大約與成人同高，充滿了壓迫感。這種設計就像是四層蛋糕一樣，層層相疊而上。

借書櫃台在一樓，這層擺放著最受大眾歡迎的日本現代小說。愈往上走，專業書籍就愈多，人也愈來愈少。他們兩個便各自拿著想看的小說，踩著迴旋樓梯爬上了四樓。透過斜開的天窗，可以看到壟罩著薄霧的天空往遠方連綿而去。雄一郎拿了米歇爾・維勒貝克的《平台》，明日香則是渡邊淳一的《失樂園》。雄一郎壓低聲音說：

「裡頭有個在喪禮結束後做愛的場面，真的很棒。」

明日香點了點頭，就在書庫裡四處可見的腳踏台上坐了下來。四樓的最後面是倫理學．哲學．論理學的書架。在距離明日香不遠的地方，雄一郎也坐在鋁製的腳架上。從天窗流洩而下的微弱陽光，不帶任何熱度地照在他的膝蓋上。

在那之後，他們便開始看起了書。由於都是看過的書，雄一郎就乾脆只看性愛場面。兩個人不知道這樣過了多久的時間。雄一郎正好讀到了泰國性旅遊團的場面，來自加州的男人讓泰國女孩圍在自己身旁，商量著夜晚的樂子。他們全是群健康、愛運動、膚色健康、穿著拖鞋的西洋男人。這時，雄一郎聽到了明日香略帶嘶啞的聲音。

「欸……高木……」

雄一郎張開眼，看到明日香坐在三排書架遠的地方。

「幹嘛？」

《失樂園》下集被攤開反蓋在明日香的大腿上。

「你每晚都自己做？」

「嗯。」

灰塵在兩人之間飛舞，從天窗流洩的陽光將空氣染成了兩種顏色。

「那……你可不可以在我面前自慰看看？」

當雄一郎煩惱著該怎麼辦才好時，嘴巴卻不聽使喚地先回話了。

「可是，這裡又沒有面紙。」

他很清楚這裡幾乎沒有人會過來。畢竟就連前幾天的下午，也沒有任何人來拜訪這座圖書館的深海地帶。

「那要不然，我借你這個。」

明日香從牛仔褲的口袋裡掏出了小小的薩克斯藍手帕，接著抬起臀部，將手帕遞了過來。雄一郎伸手接下。

「真的要做嗎？」

「嗯，因為我想看。」

接著明日香又慌張地解釋道：

「我不是想看你那裡，只是想看看你自慰的樣子，還有究竟會怎麼樣射出來……」

雄一郎看了看書庫四周。由於地板是用鋼板鋪成，只要有人靠近就會早早聽見腳步聲。即便心裡知道周圍沒有其他人，他還是忍不住確認。接著，他低聲說道。

「突然要我做也……辦不到啊。而且……」

明日香似乎從眼底放出了光。

「而且……怎樣？」

「只有我一個人做的話，太不公平了。明日香也做點什麼啊。」

身著短袖黑色襯衫的明日香皺起了眉頭，似乎在想些什麼。而她的背後，正好是論理學的書架。

「好吧，那我就露胸部給你看。」

雄一郎差點就叫出聲來，如果可以親眼這麼近看明日香的胸部，那自慰一次根本就不算什麼。

「讓妳這麼做……真的好嗎？」

明日香開始解開襯衫的鈕扣，邊抬起眼如此說道。

「沒關係啊。不過我沒什麼胸部，實在很害羞。」

她解開第三顆鈕扣之後，先停下動作催促雄一郎。

「高木也快點準備啊。」

雄一郎鬆開了皮帶，再像是要扯掉鈕扣一般，拉開了牛仔褲。四角褲上沾染了一點溼漬。這是因為他在看書時就已經半勃起了。

「那件也脫掉。」

雄一郎便站在腳架上將四角褲拉到膝蓋下。有些蓬亂的陰毛與半垂的陰莖讓他覺得很害羞。雄一郎為了要讓下面恢復完全勃起的狀態，忍不住急忙地開始動起手來。

「原來是長這樣子啊，好像海豹喔。」

的確，無力橫躺的陰莖看起來就像是吃飽的慵懶海獸。

「等我一下。」

雄一郎加快了手的動作。因為實在太過緊張，他實在無法判斷到底舒不舒服。不過，他的陰莖還是逐漸恢復了飽滿。

「開始變大了。」

這時，雄一郎也才終於有心情看向明日香。只見明日香專心地緊盯著陰莖與雄一郎上下活動的手。黑色襯衫的門襟雖然已經全部解開了，卻還看不到胸部。只能稍微窺見裡頭輕薄的白色胸罩。那種叫做運動內衣嗎？雄一郎一邊上下移動著手，開口說道。

「明日香也要讓我看啊。」

聽見雄一郎這麼一說，明日香才像是從夢中驚醒一般，纖細的雙手隨之移向自己的胸前。雖然鬆緊帶看起來相當緊繃，但只見明日香從下方推起內衣，露出了胸部。她的乳房就像是反扣的盤子一樣，微微隆起；上頭點綴的乳尖就像是未熟的櫻桃。雄一郎不禁對第一次親眼看到的女性胸部感到心動，分明沒有人催促，他還是加快了摩擦自己陰莖的速度。明日香再次用帶點沙啞的聲音問：

「那樣很舒服嗎？」

雄一郎緊盯著十四歲的胸部，根本無法將眼神移開。在這一刻，若是有人拿刀刺向雄一郎，他一定也還是會緊盯著明日香的胸部死去吧。真是種不錯的死法。一想到死亡，雄一郎手中的陰莖又增加了硬度。

「你平常都這麼做嗎？」

「……嗯。」

雄一郎覺得自己將牛仔褲退到膝蓋，拚了命摩擦陰莖的模樣，看起來一定很蠢；不過，這種愚蠢才是真實，其他的世界則全是謊言。人一生都得被生殖及慾望不斷擺布。雄一郎覺得自己好像了解了某種真諦，握住陰莖的手也跟著用力。明日香則是手繼續抓著內衣，注視著雄一郎。她的中指在淡色的乳尖上來回揉捏著。

「妳胸部會有感覺嗎？」

明日香毫不遲疑地回答道：

「之前不是說過嗎？我每次都是從胸部開始的。」

先用一根手指揉捏，再用兩根手指輕夾。明日香重複著這動作，視線又繼續緊盯著陰莖。雄一郎已經搞不清楚究竟是自己的手舒服，還是明日香炙熱的視線舒服了。只覺得自己的陰莖前端已經漲得不能再大，要是用針一刺，一定會像炸彈一樣把附近染滿鮮血。

「你手動得好快，這樣不會痛嗎？」

「現在不會覺得痛，動作大一點反而比較舒服。」

雖然事後有時會覺得搔癢刺痛，但完全硬挺的陰莖其實遠比想像中要來得遲鈍。這時，雄一郎的陰莖前端突然充滿了快感。雖然平常他會想盡辦法盡量拉長這段時間，但卻總是無法如願。產生的熱度與光芒幾乎讓雄一郎無法直視，他閉起眼小聲叫道。

「明日香，我快高潮了。」

只見雄一郎用左手急忙攤開淡藍色的手帕，鋪在自己的腿上。

「嗯，高木，你就射出來吧。」

「啊！」

明日香的話還沒說完，雄一郎就高潮了。有如固體般僵硬的精液衝過了狹小的管道，比起快樂，反而帶來更多痛苦。飛向空中的液體有一瞬間就像是處於無重力狀態，畫出了圓弧後便靜止了下來，最後落在手帕上頭。

「好厲害喔，原來會射那麼多出來。」

雄一郎只能大聲喘氣，無法順利回話。畢竟被同學觀察自慰模樣所帶來的衝擊可說是難以言喻。

「還可以再一次嗎？」

雄一郎忍不住笑了出來。

「我不行了。不過，妳還想再看一次嗎？」

明日香哈哈笑了起來。

「嗯，因為很有趣，還想再看一次。原來男人的高潮這麼突然啊。分明跟之前感覺沒什麼差別，結果突然就高潮了。」

「會嗎？」

明日香將內衣拉回原位。乳尖擦過了罩杯的邊緣，最後則被擠壓隱入了內衣裡。雄一郎就像是要送別逐漸沉沒的船頭似的，眼睛一直到最後都沒離開過乳尖。

「我的胸部很小吧？」

要說尺寸，那我的陰莖也差不多啊。畢竟雄一郎曾經在成人影片裡看過那裡尺寸跟小孩子手腕差不多粗的外國人。

「我也是啊，不過反正胸部跟陰莖也不是大就好。」

「就是說嘛，高木的不僅能順利射精也站得起來。」

雄一郎用手帕擦拭已經不再腫脹的前端。但滑入陰毛裡頭的液體就算再怎麼擦，還是很難擦乾淨。

「可惜，明日香的手帕已經變得黏滑滑的了。」

雄一郎小心地讓精液全都留在手帕中央後，將淡藍色的手帕捲了起來，並從腳架上走下了一階；他拉起四角褲，站起身重新穿好牛仔褲。平常分明只要做過一次就會覺得神清氣爽，但現在卻還是覺得依舊不夠。看來今晚應該還會再做一次吧。那時候就想著明日香的胸部跟視線，慢慢地花上時間。雄一郎扣上皮帶頭後，抬起了頭。

「那這條手帕要怎麼處理？」

明日香從腳踏台離開，走向了這邊。她想做什麼？雄一郎甚至都還沒跟明日香牽過手。但就算兩人之間的距離只剩下一排書架之遠，明日香也沒有停下腳步。

「剛剛，雄在自慰的樣子，真的好可愛。」

她踮起腳尖，親吻了雄一郎冒汗的額頭。

「妳剛剛說了什麼？」

明日香露出了奇妙的表情。

「我剛剛說，自慰的樣子很可愛。」

「不是，妳剛剛怎麼叫我的？」

明日香抱著手臂說道。

「嗯～我說了什麼？」

這時，就連雄一郎都覺得自己很不對勁。剛才被那麼稱呼的時候，他甚至比看見明日香乳尖時還要興奮得多。

「明日香剛剛叫我『雄』啊。」

「……我沒注意到。」

雄一郎鼓起了勇氣開口：

「那個……以後妳就叫我雄吧。然後，我們兩個之後要不要交往？」

明日香拿起了放在腳架上的手帕，白濁的液體從手帕上流到她纖細的手指上。

「難道我們不是已經在交往了嗎？哇啊，好黏稠喔！」

雄一郎也笑了起來。

「要拿回家當紀念嗎？」

「不用，我才不要。」

「什麼嘛！還不是妳說想看的，怎麼現在說得像是什麼髒東西一樣。」

他們笑著拿起了剛才讀的小說，為了將手帕丟在休息區的垃圾桶，兩個人急忙地從圖書館的迴旋樓梯跑了下去。為了補償自慰一次而射出的數CC精液，雄一郎的冰咖啡錢就由明日香負責了。

捉　　蝶

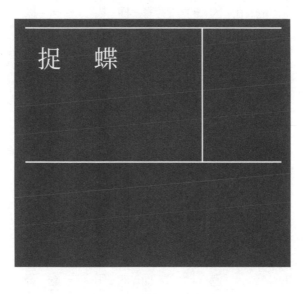

從病房裡可以看見東京都心的綠地。人行道兩旁栽種著法桐樹，形狀如手套般的樹葉已經轉黃，一離開樹枝就會像是在空中滑水一般，翻來覆去，最後落在人行道上。

東京的行道樹大多是銀杏、櫸樹、法桐樹這幾種。岸田尚司心想，幸好人生最後看到的是這種樹的枯葉。這是因為他喜歡法桐樹葉散落的樣子；櫸樹太美別無樂趣，銀杏則是怎樣都無法讓人聯想到女性外性器的樣子。而法桐，看來不就像是大張的女性性器嗎？

又一片枯黃的樹葉落了下來。尚司從白色的鋼管病床上抬起上身，回想自己住進這間醫院的原因。由於他的背時常疼痛不已，於是在度過五十歲生日後幾個月，便前往了朋友所在的大學醫院求診。

由一臉嚴肅的年輕醫生口中說出的病名，實在難懂得莫名其妙。總之，似乎是在內臟深處有顆惡性腫瘤。尚司可以看得出來醫生那嚴肅的表情只是在演戲，畢竟最近的醫生也算是服務業，不得不演出這副模樣吧。

比自己小了一輪的年輕醫生繼續解說著。已經沒辦法手術，只能用抗癌劑治療，必須立刻住院。尚司相當輕易地接受了自己將死的現實。他沒結婚，當然也沒有孩子。雖然經營一間小小的設計公司，但他只是為了生計才工作，不過，倒也存了一點錢。無論是哪一點，全都是不值得在意的小事。

是惡性腫瘤。那又如何？

尚司說了聲「我了解了」後，就從圓椅上起身離開。那是在晚夏發生的事，他離開醫院後，漫步在炙熱的陽光下。他眺望看著穿著無袖上衣搭配迷你裙的年輕女人們，又去咖啡廳喝了冰咖啡。回到家後，繼續讀著尚未讀完的書，就跟平常一樣順利入睡。

「尚，cosmo creative 的山岸先生說想來探病耶。」

佐佐木美名子這麼說著，一邊剝著水蜜桃皮，輕薄的果皮輕易地就被從果肉上分離。尚司很慶幸自己選擇單人病房，雖然每個月得多付數十萬元，但畢竟孤獨可是無可取代的奢侈。要是因為藥的副作用想吐時，他可不想聞到別人食物的味道。尚司就這樣注視著反射著光芒的水蜜桃。

「山岸先生在我們公司剛成立時不是幫了很多忙嗎？」

那已經是十五年前的事了。自從某個問題之後，他就與那間公司及那個人逐漸疏遠。但在這個國家，工作上的緣分就是人的緣分。

「抱歉，幫我拒絕他。就讓回憶留在美好的時候吧。」

美名子年紀約四十出頭。是尚司在公司的左右手。由於她在剛滿三十歲不久後就離婚了，跟尚司之間的關係已經快要超過十年了。

「喂，可以讓我看嗎？」

「……又要了？」

雖然美名子心裡清楚房門是關起來的，但還是忍不住回頭確認。

「有什麼關係嘛！這是我這個來日不長的病人唯一的願望。妳應該也是做好準備才來的吧？」

隨著下巴往下劃出幅度，美名子垂下了眼。病床旁邊有張兩人座的沙發。美名子身上那套領口深深往下切至胸部的洋裝，印有黑白幾何圖案，布料則緊貼著肌膚，非常適合身體曲線尚未完全走樣的美名子。能夠完美隱藏缺點的設計就是好設計，長久投身於廣告業的尚司可說是打從骨子裡深深體會到這一點。

「你等一下。」

美名子起身，在自己剛才坐的地方鋪上了手帕。畢竟那是張布製沙發，她應該是不想留下污漬吧。或許是年紀的關係，這個女人的水量是最多的。戴著鑽石戒指的手指緩緩地掀起了裙襬。那是在交往第三年的生日時，尚司送給她的禮物。

「都已經不年輕了，在這麼亮的地方做這種事實在很害羞。」

她的大腿內側的確已經失去彈力垂了下來。今天真是個光線明亮的秋日午後。

「說什麼傻話呢，跟我這個五十歲的人比起來，已經很年輕了。」

尚司摸著自己的肚子，似乎因為生病的關係瘦了不少。美名子將如膜一樣輕薄的裙子拉到了她突出的優美腰骨上方。裡頭的吊襪帶搭上絲襪，沒有穿著內褲。在大腿肉的掩蓋下，只看得到黑色的雲霞。

「張開腿，妳知道我喜歡什麼不是嗎？」

美名子瞬間抬起眼，望向尚司後又立刻落下視線。女人眼底露出的慾望光芒讓尚司印象深刻。她的腿緩緩張開，到快要呈九十度的時候，美名子將腰從沙發上頂了出來，靜止了下來。

小陰脣就像是兩片即將展翅的羽翼，中央則像是用筆描繪過似的，閃著一抹溼潤的光芒。尚司從病床上直直盯著女人的性器。

「還要看多久？」

美名子有點焦躁地詢問。尚司從旁邊桌上拿了一小盤切成小片方便入口的水蜜桃，將一片放入嘴裡。因為尚司的吞嚥功能已經退化了，要吃東西得花上不少體力。他已經不敢奢望做愛了。雖然要是抱著必死的決心，拔掉抗癌劑的點滴的話，或許勉強可行。

「這桃子真甜，可以沾點美名子的露水再讓我吃嗎？」

「為什麼男人總是會想這種事啊？」

雖然不滿地蹶起了嘴，但手卻相當老實。美名子拿起一片水蜜桃，將一半塞進到性器的隙縫中。尚司覺得聽到了小小的水聲，不過或許只是錯覺吧。美名子的手從沙發伸了過來，將水蜜桃塞入了男人的口中。

「果然很甜，還有美名子的味道。」

「討厭。」

美名子這麼說道，用另一隻手藏住了自己的眼睛。尚司則是牢牢捉住剛才她拿著水蜜桃的手指，含入自己的口中。她手指之間薄薄的皮膚相當敏感。

「討厭……」

分明是一樣的話，卻帶著甜美的回響。

「美名子，打開來讓我看看。」

「啊，為什麼老是……」

她的左手緩緩從眼睛往下滑動。食指與無名指，女人纖細的手指分開了性器的羽翼，露出了內側的光芒。尚司專心地注視著女人的羽翼。女人們都是抖動著這小小的羽翼，飛往天空。他的腦海裡浮現許多女性器如同各色蝴蝶一樣在空中飛舞的影像。如果最後的時候，不是看著病房這種蒼白的天花板，而是看著那種圖像該有多好。尚司繼續用舌頭愛撫著美名子的手指，眺望著她的羽翼。顏色是帶點紫色的土色，上頭有著不少細紋。由於現在朝著左右大張，形狀與顏色看來就像是櫻餅的葉子一樣。

「讓我摸一下。」

由於尚司的手搆不到，女人便在沙發上往旁朝著他移動。尚司各捏了捏兩邊意外有著厚度的羽翼。美名子曾說這樣揉捏會產生酥麻的快感。她輕嘆著說道：

「絕對不可以摸上面喔，我會忍不住。」

由於她用手指撐開陰唇，陰核便赤裸裸地暴露在外頭。若是在這種狀態下用手指愛撫，她應該會無法就此滿足吧。

「我沒辦法做到最後，只要摸摸這兩旁小小的肉唇就好。」

尚司的指腹緩緩地上下撫動美名子的羽翼。要是能與這對羽翼一起飛向天空就好了。

過了一段時間，美名子開始整理服裝。她從小肩包裡拿出了內褲，套上自己的雙腳。

「總覺得，每次女人穿上內褲，世界就少了一個重要的東西。」

正是如此。自己的生命即將消逝這點小事，根本不算什麼。但女人的羽翼被遮掩起來，對世界可是個巨大的損失。

「至今真的謝謝妳了。」

他並沒有太過用力地說這句話，或許是因為剛才興奮了，現在他有點想睡。

「別說這種話，我會忍不住的。」

美名子聽到這句話就不禁壓著自己的眼。為什麼只要是將死之人所說的話，都會讓人變得如此感傷？

「我死了之後，公司就交給美名子經營了，股份也全部給妳，雖然處理稅金很麻煩，但妳要好好處理，讓其他員工生活無虞。」

尚司突然睏了起來，或許是什麼副作用吧，總覺得對時間的感覺變得相當奇妙。這一切都是現實嗎？

「我要休息一下，妳就在我睡覺的時候回去吧。」

這麼說完，尚司就保持著坐姿，閉上了眼睛。

「尚司，你醒了。」

一雙柔軟的手包裹著尚司的手。一張開眼，橘紅色的夕陽將如白箱般的病房染滿了顏色。尚司無法分辨當下是什麼時候，現在是幾點。他只見到田上奈央就在自己眼前，而不是美名子清瘦的臉龐。她的五官非常華麗惹眼。尚司的額頭有點冰涼，或許是奈央替他擦過了也說不定。

「啊，妳來了啊。」

奈央在六本木的俱樂部裡受聘當媽媽桑。尚司則是為了招待客人而時常光臨，進而與她親近。美麗的事物固然美麗，但她靈活的腦袋與絕不讓客人失去興趣的說話術才是尚司欣賞她的原因。

「大概待了十五分鐘左右，正好可以好好看著你的睡臉，真幸運。」

「五十歲男人的睡臉有什麼好看的？」

更別提自己還是癌症末期的患者。雖然尚司差點這麼脫口而出，但還是閉起了嘴。奈央笑容如靨地回道：

「人家啊，只要一看睡臉就能知道到底喜不喜歡這個人。」

這究竟是什麼意思。女人們有時老是會說出這種莫名其妙的話來。

「睡臉不都是毫無防備的樣子嗎？像小孩子一樣純真。如果覺得那個人的睡臉不錯，那就是我喜歡的人。有些人就算睡過好幾次，要是依舊不喜歡他的睡臉，那麼到最後還是不會愛上他呢。」

「哦，那我怎麼樣？」

奈央輕聲笑了一下，又撇過頭說道：

「所以我不是說，好好看了十五分鐘嗎？」

聽到這句話，尚司也不禁笑了。

「真會說話。要是在店裡，我就會點一瓶新酒了。」

奈央年紀大約三十五歲上下，身材豐滿有致。像是手肘、膝蓋或是肩關節的骨頭等等，大部分人都硬梆梆的部位，在她身上則都包裹著一層薄薄的脂肪，柔軟又有彈性。由於奈央原本就高挑又豐滿，非常適合穿著短版外套與中長窄裙。就像是在外國電影裡會出現，與社長有染的秘書一般。尚司看著她經過專業髮型師整理過的髮型。

「妳等等要去店裡啦。」

「是呀，不過尚司都開口拜託了。」

尚司一瞬間記不起來自己到底拜託了她什麼。只見奈央站起身來，絲質的裙子被大腿撐起了圓形的光柱。

「說什麼人生最後的願望，真是個怪人。」

奈央蹲下身，將手探進裙子下方。她的內褲與裙子都是一樣的黑色，一路拉到腳踝之下，奈央害羞地開口。

「不管是誰拜託這種事，都不應該答應的。我等等還要上班呢。」

奈央直直站著，窄裙依舊維持著被翻到上頭的樣子。看向尚司的眼神似乎帶了點誘惑。剛睡醒的尚司聲音帶了點沙啞。

「要是站著，我就看不到奈央裡面了。」

奈央先是反抗似地輕搖頭後，淺淺坐在沙發上頭。一腳從內褲形成的圓圈裡收了起來。

「張開腿吧。」

黑色細跟高跟鞋抬至病床的被子上。奈央的小丘厚實，帶著些許高度。山谷間綻放著羽翼，形狀就像機槳一樣俐落。雖然往外微張，但就像是幾乎毫無皺摺的花瓣一樣。

「那裡也打開來讓我看吧。」

「你分明知道我要是被一直盯著看，會有什麼反應。」

奈央用雙手撐開了性器，圓潤的手指讓雙翼往外張開。雖然奈央的男性經驗要比美名子遠來得豐富，但她的內側仍是美麗的櫻花色。女性性器的顏色是受到黑色素的分量左右。性器的形狀或顏色與性器的經歷根本沒有絲毫的關聯。

光是被尚司注視著，敞開的羽翼內側就濡溼了。透明的液體從左右流下。在羽翼的內側有小小的瀑布，簡直就像是大自然的景觀一樣。

「我可以摸嗎？」

「……好。」

奈央的聲音已經像是完全身處床褥之間。在方才美名子坐過的沙發上，奈央露出光裸的下半身移向尚司。他伸出手，撫摸女人的羽翼。觸感與柔軟無比的美名子有相當大的差別。奈央的羽翼有著肉感與彈力，就像是能將指尖彈回似的。他磨蹭著、描繪著、輕拍著、揉捏著女人這對羽翼。不知不覺之中，尚司的手指已經染滿了滑溜的液體。

「你這樣人家會忍不住啦。」

尚司的嗓音裡帶著苦笑說道。

「就算妳這麼說，我也不行了。」

奈央眼帶埋怨地望向尚司，說道：

「我可以動嗎？」

尚司的聲音變得非常沙啞。她應該沒聽見吞口水的聲音吧。

「讓我看看吧。」

由於小陰脣不斷受到愛撫，似乎讓奈央快忍不住了。只見她立刻用力地磨蹭著自己的陰核。她先用舌頭舔溼右手中指的指腹後，再觸摸自己。

「這樣就滿足了嗎？」

「討厭，這樣真的很害羞耶。」

她的左手一樣伸出了中指緩緩地往下滑動。這邊由於被水濡溼，不需要特地潤滑。奈央的肛門比起陰道來得更為敏感。尚司也受她要求配合了幾次。雖然一定得用潤滑液或其他道具，增添了不少麻煩，但感覺的確不差。她的左手中指繞著微微開合的肛門輕畫著圓圈。

「這裡是病房，小心別發出聲音來了。」

尚司忍不住露出微笑，畢竟奈央最喜歡被禁止行動了。

「不可以有感覺，腰不要動。」

由於腰不能動，奈央豐滿柔軟的身體開始微微顫抖了起來。尚司喜歡的兩隻羽翼，就像是要吸入這整個世界似的張合收縮著。

「唔……嗯……」

奈央在沙發上伸直了身體，就這樣僵硬了好一陣子。她咬著下唇，看來是高潮了。接著，身體開始慢慢放鬆。不過，她左手的動作卻一直沒停下來。妨礙尚司動作的右手離開後，他便伸手撫上奈央的羽翼。兩片羽翼的肉質摸起來就像是貝舌一樣。當尚司稍微用力地揉捏時，奈央的嘴裡便冒出了小小的尖叫聲。

「我又要去了。」

光是肛門與被尚司觸摸的小陰脣，奈央就高潮了第二次。以前，尚司曾經問過哪邊比較深，但她卻說不知道。比較敏感的是陰核，較深的是肛門。聽到奈央這麼說，尚司不禁覺得男人還真是無趣。

看著奈央無力地攤倒在沙發上，尚司不禁擔心了起來。

「說不定會有人進來，想辦法振作點。」

奈央慵懶地斜眼望向尚司。

「太舒服，人家動不了了。」

反正自己也活不久了，還有什麼好害羞的？尚司伸手探進睡褲裡，摸了摸自己的陰莖。雖然還是完全癱軟的狀態，但前端像是泡過蜂蜜罐一樣溼滑。

奈央緩緩地撐起了身子。她用面紙壓著性器，站了起來。單人病房的費用不貲，也設有整體浴室。從裡頭傳來蓮蓬頭的水聲後，奈央又走了回來。頭髮跟口紅都已經整理過了。

「看起來真性感，看來妳今晚在店裡會很受歡迎。」

「既然你這麼說，那就來店裡吧。推著點滴過來也可以。」

不知道同時吸收抗癌藥劑的點滴與加冰的蘇格蘭威士忌，會醉成什麼樣子？這麼一想，尚司不禁覺得有點好玩。他的視線看向了自己的左手，上頭戴著在五十歲生日時買給自己的手錶。錶殼與錶帶都是粉金色，是只價值大概等於社會新鮮人一整年收入的瑞士製名錶。

「手伸出來吧。」

雖然不知道尚司想做什麼，奈央還是伸出了就女性來說略為粗壯的左手。尚司解開了手錶，將還帶有體溫的手錶套上了女人的手腕。

「錶帶果然還是有點鬆，妳再去找間錶店調整吧。」

「你要送我這麼貴的東西？」

尚司露出了調皮的笑容。

「是遺物。」

「笨蛋！」

在這之後，又過了一陣子奈央才重新補好哭花的妝，離開了病房。

「哈囉！小尚，你醒著嗎？」

奈央前腳剛走，生駒朱里就從門上的小窗探了進來。她是二十出頭的年輕模特兒，跟尚司認識了五年。從外地來到東京，在工作尚未穩定吃足苦頭時，尚司給了她不少建議與食物。由於她的年齡都可以當尚司女兒了，他一開始也沒將她當成女人看待。兩人是在這一年左右才進展成男女關係。

由於尚司是上個年代常見的男人體型，一直都對身材如長頸鹿般完美的年輕女性有些敬遠。她們的手腳像棒子般細長，在床第之間無論怎麼凹折都會顯得多餘。別的不提，光是在「69」這個體位時，要是舌頭無法觸碰對方的羽翼，那還有什麼意義？

朱里跳躍般輕盈地進入了病房。手腕跟腳踝就像水管一樣筆直。她身著超迷你牛仔裙搭配背心，兩件衣服上都繡上了滿滿的亮片。

「小尚，你今天過得好嗎？」

這問題實在讓人難以回答。年輕果然就是歷練不足。

「好像比較好了，畢竟點滴很好吃嘛。」

尚司看向已經少了約三分之一的點滴袋，看來已經快到夜晚了。透明的塑膠點滴袋已是澄澈的深藍色。

「工作順利嗎？」

「我下次好像可以登上封面囉。」

朱里是某個女性流行雜誌的專屬模特兒。

「雖然有些女生半年就能登上封面，但也有人像我這樣花了快兩年才有機會。不過，就像小尚說的，幸好我沒有中途放棄。堅信下去果然很重要。」

其實，尚司並沒有給她什麼特別的助言。無論什麼時代，都會有少數的女性分明美得出眾，卻完全不了解自己的美麗。這一類的女性，只要讓她們擺脫對自己的評價，就能打消自卑的想法，也就能展現出極為閃耀的光輝。

「為了紀念登上封面，朱里要脫了！」

她舉起右手，涼鞋也沒脫就跳上了沙發。雖然沒有音樂，但朱里人就隨著假想的節奏擺動著腰肢，揮舞著手臂。從病床仰望著眼前跳舞的女人，尚司不禁覺得趣味盎然。生命就在這裡舞動著，沒有任何一句解釋，就只是單純地消耗著。尚司不禁將右手合上掛著點滴的左手，打起了拍子。

朱里解開了超迷你短裙的釦子。腿像是電線桿一樣從裙底伸了出來，內褲卻是毫無風情的男女兼用三角褲。朱里的性愛毫無氣氛可言，她就像是站著小便的小學生一樣，一口氣將內褲退到腳踝後，就這樣直接轉身背對尚司。朱里的腿很細，尚司曾不小心說從正面看她張開腿就像是帝王蟹一樣，還因此被大鬧了一番。在那之後，朱里在讓尚司欣賞羽翼時，一定會背向他。由於臀部有一定的份量，的確看起來就不會像是甲殼類生物了。

「你可以摸呀。」

朱里主動分開臀瓣，轉頭看向了尚司。年輕的羽翼很有存在感，就像是兩片高級里肌肉不對稱地擺在一起。雖然這也是她自卑的原因之一，但尚司就連這不完美的羽翼也非常喜歡。尚司曾溫柔地邊聊天，三十分鐘裡不斷輕舔著這對充滿存在感的羽翼，直到上頭的皺摺幾近消失，朱里就因此高潮了。在那之後，朱里再也沒有於明亮的地方遮住自己的性器。

尚司閉起了眼，伸手撫摸朱里的羽翼。雖想捕捉，卻因為溼滑而失敗。朱里輕嘆著說道。

「小尚……我想要可以不忘記小尚的東西。」

尚司只想專心於目前指尖的觸感，除此之外對他來說都是阻礙。他拉開了病床旁側桌的抽屜，從裡頭拉出了鑰匙圈後，丟到沙發上。

「給妳吧，這是妳喜歡的車子鑰匙。我已經沒辦法再開了，就送給朱里。妳現在就先別說話了。」

那是英國製的中型房車鑰匙。朱里很喜歡車子內裝明亮的咖啡歐蕾皮革。

「我好開心喔！」

尚司的指尖撫摸著朱里的羽翼，在腦海裡將今天看到的六只羽翼全重疊在一起。接著，他開始回想起在他不短的一生裡見過的性器。就跟女人們的長相一樣，她們的性器與翅膀也都有著特殊的表情。

男人們拚命工作，時而合作、時而爭執，有時獲勝、有時落敗。他們集聚了金錢，蓋起了高樓，建造了橋或道路。拚了命只想要成就些什麼，但在女人們的羽翼之前一切都是白費。

尚司思考著自己的人生。雖然想要的事物幾乎都到手了，但一拿到手，卻發現那全都不過是些破爛。就只有女人們的羽翼從未背叛尚司。大多女人都是騙子，不僅壞心眼，自尊卻又高得愚蠢。但那全都是為了讓這對小小的羽翼飛翔。

只見朱里不斷輕喘著。真是對敏感的羽翼。尚司閉起眼，祈禱了起來。希望自己將來能被這對羽翼包圍，回到天空。尚司絲毫沒發現從自己的眼睛，就跟朱里的性器一樣流下了液體。

絹婚紀念

塚本真一郎與博美兩人是在結婚第十年的錫婚紀念日之前來尋求婚姻諮商協助。在他們對面的沙發上坐著一位看來約五十出頭的男人，膝蓋上放著板夾。平井雅嗣是在性事方面相當著名的專業諮詢心理師。博美是在女性雜誌的性愛特輯看到了這間診所的情報。

白色牆壁搭上米白色的地板，室內給人的感覺相當乾淨。沙發雖不算十分高級，但原色棉布的手感反而讓人感到放鬆。博美伸出了手，稍稍拉了拉丈夫的外套衣角。兩個人不知為何分別坐在三人座沙發的兩端。真一郎略帶躊躇地開口：

「……我們兩個還沒……那個、還沒結合。」

真一郎沒忽略心理師在聽到這句話時，眼底瞬間掠過一道黑煙。連專家都會感到驚訝也是無可厚非，畢竟兩人都結婚快十年了，丈夫竟然還是處男。不過，從平井的聲音一點也感覺不到驚訝。

「原來如此。」

在這間溫暖的房間裡，就只有原子筆書寫的聲音響動著。

「先生在結婚前曾與女性有過性經驗嗎？」

真一郎低下頭，勉強擠出了回答。

「沒有。那個……當然，與同性也沒有過經驗。」

筆尖不斷流暢地飛舞。

「不好意思，那麼，夫人又是如何呢？」

博美稍微看了下丈夫。他身著西裝未繫領帶，脖子上冒著汗珠。

「有的，結婚前有一個人。結婚之後就完全沒有了。」

「我知道了，兩位就這樣生活了十年是嗎？」

博美用力握緊雙手，說道：

「是的，雖然我們也試了許多方法。考慮到要生小孩的問題，我們目前已經沒有太多時間了。心理師，還請您多加幫忙了。」

博美的聲音聽來就像是悲鳴一般。真一郎與博美是對走在路上也會吸引眾人視線的夫妻。人過了三十五歲後，不只是工作，就連外貌也會產生差距。有些人逐漸凋落，有些人則是更顯光彩。這兩位給人的感覺是年紀越大越有魅力，渾身散發著都會氣質。心理師溫和地交互注視著這對夫妻。

「兩位之間，是哪一邊比較難進行性行為呢？」

這時，真一郎像是要保護妻子一般，先探出了身子。

「是我，因為我實在沒辦法觸碰女性的身體。」

心裡師表情如風平浪靜的大海一般溫和，慢慢地答道。

「請不用緊張。在我們診所裡，時常能遇到這一類的問題。您是否有想到什麼可能的原因呢？」

真一郎一點一滴，緩緩道來這些內容。

他的父親，塚本純由的女性關係非常複雜。身旁女性從來不曾斷過，在外頭似乎也有其他女性。母親和江的個性死板又認真，自尊心應該也很高，絕對不會在真一郎的面前哭訴父親外遇的事。大概是在他六歲的時候，母親只有唯一一次，在上鎖的寢室裡獨自哭泣。

相對的，和江因此對兒子實行徹底的精英教育。真一郎由於知道母親心裡懷抱著深深的傷痕，因此拚了命努力，成績優秀也進了名校，在大學時曾到美國留學了一年半的時間。之後，他進入了電子零件公司，工作順利，也都領先其他同事獲得晉升。但是，即便結婚十年，到了三十六歲，他卻還是個處男。心理師相當有耐心地微笑詢問：

「在您小時候，令慈是怎麼描述與性相關的知識呢？」

真一郎深呼吸後說道。

「現在回想起來，或許父母在我出生後就過著沒有性愛的生活。她說那不是人類該有的行為，不僅污穢、下賤，更與動物毫無兩樣。她要求我絕對不能做這種事，除非是在與結婚對象打算生子這類有特別必要的時候。從我小時候，就一直被這麼教導叮嚀。」

真一郎的臉上就像是被噴了水一樣，滿是汗珠；更將身體像是要跨過沙發扶手一般扭曲著。

「我受不了了。博美，抱歉。妳可以再離我遠一點嗎？」

丈夫粗喘著說道。只見妻子立刻跳離了沙發，移動到諮商室的角落。

「光是坐在同張沙發上也會過度緊張嗎？」

他流下的汗水將白襯衫染成了灰色。由於拉遠了與妻子的距離，真一郎的呼吸也稍微恢復了一些。

「是的，就連內人離我數公尺遠也會讓我覺得呼吸不順。」

「寢室是怎麼布置的？」

「從新婚的時候就分房了。」

平井轉向妻子問道。

「夫人不會覺得這樣很奇怪嗎？」

「在婚前交往的時候，外子就連一根手指都不會碰我。那時候，我覺得他是很珍惜我才這麼做。結婚之後他的工作也很繁忙，時常到了深夜才回家，我也以為是他不想吵醒我。」

「原來如此。」

書寫的聲音與空調的風聲填滿了夫妻之間的空隙。

「對公司的女性就不會有這種症狀嗎？」

真一郎挺起了胸膛。

「是的，在公司大家都是一起工作的夥伴，我不會特意分別男性或女性。」

「在工作上也能互相協助？」

「對，偶爾在拿資料的時候會稍微碰到手指，但我之後會用藥皂仔細地洗手。」

博美在房間角落小小地嘆了口氣。

「我要問點較為私人的問題，請問您會自慰嗎？」

真一郎瞬間看了一下妻子。

「……一個月大概幾次。」

「這時候你的腦海裡會有什麼樣的幻想呢？會出現具體的女性影像嗎？」

真一郎緩緩地搖頭後說：

「不會，腦袋裡都是一片空白。只是因為不能放著陰莖不管，才只好用手處理。」

「你會產生罪惡感嗎？」

「會。可以的話，我會希望盡量不要這麼做。」

真一郎的眼裡似乎浮現了淚水。工整的五官略為扭曲，眼神滿是掙扎地看向心理師。

「別說是滿足內人了，我就連女性也無法觸碰。人生都已經走到了一半卻還沒有性經驗。說不定這一輩子都不會有了。我也好幾次跟內人說要離婚，不過博美她卻還是一直都相信著我。我究竟該怎麼辦才好？」

平井停下了忙著寫筆記的手。看向真一郎的眼睛後，溫柔的嗓音這麼說道：

「我也不清楚之後究竟會如何。不過，既然先生有意擺脫目前的狀態，我們就一步一步地進行諮商，治好這問題吧。或許會花上不少時間，但應該能夠一點一滴地逐漸改善才對。」

沙發與房間角落的兩道嗓音不經意地和聲說道。

「麻煩您了。」

第一次的諮商只進行了簡單的訓練。平井讓真一郎面牆站立，這是因為真一郎最無法忍受有女性從背後靠近自己。

「現在我會請夫人站在您的後方，距離大約會有三公尺以上，請先生忍耐這個情況，仔細感受究竟自己有什麼感覺，讓身體習慣這種情況。」

真一郎脫下外套，身著白色襯衫面對著貼有壁紙的乳白色牆壁。博美則緩緩地移動到丈夫的正後方。

「老公，我要開始了。」

真一郎的脖子上起了雞皮疙瘩。原本已經停下來的汗水又再次冒了出來，大範圍地染滿了襯衫背後。心理師溫和地說道：

「現在，請您稍微忍耐一下。現在這情況讓你有什麼感覺？感覺很不舒服嗎？現在在先生的心裡有什麼想法呢？」

「……什麼感覺都沒有……只是覺得很痛苦。」

「您會覺得女性就像怪物一樣嗎？」

「什麼都不是……只是覺得很不舒服……現在這麼做會有什麼幫助嗎？」

心理師冷靜地回答。

「能請您慢慢觀察自己心裡有什麼感覺嗎？」

博美壓低著聲音哭泣著，手緊緊壓著自己的嘴脣。不只是因為她心裡受傷，也是因為不想讓丈夫承受這種壓力。

「不……什麼感覺都沒有……我只想逃離這裡……請放過我吧，我受不了了。」

真一郎直接背向牆壁蹲了下來。他的肩膀上下喘著氣，抬頭望向移動到房間另一角哭泣的妻子。他的眼睛就像是黑洞一樣，毫無光芒。

「抱歉……我真的很抱……」

在那之後，丈夫就在明亮的白木地板上吐了一些毫無固狀物的胃液。

兩人開始每個月造訪平井的診所兩次。

不知道試了幾次，真一郎終於可以接受讓妻子站在自己背後。雖然依舊感到不快及痛苦，但至少能夠勉強忍耐下來。花了好幾個月後，平井終於讓夫妻之間的物理距離縮短了。

從一開始約三公尺半的距離，到兩公尺、一公尺越來越短。過了半年左右，就算博美站在伸手就能觸碰到真一郎的距離，他也能冷靜接受諮商了。

諮商過程中，不只進行了身體上的訓練。平井幾乎每次都會從真一郎與博美口中問出一些資訊。像是對方究竟有什麼希望、性衝動的源頭出自哪裡等等。帶領著他們回溯過去，逐漸築起兩人性愛的歷史。在這諮商過程中，比起一般能夠做愛的夫妻，他們講述的內容更要來得深入不少。兩人也因此了解過去從未想像過的對方的新面貌。

他們是在開始諮商幾個月後，才聽到「性嫌惡症」這個陌生病名。這時，真一郎也已經了解自己病症的原因。由於受母親教導產生性愛等於骯髒行為的想法，再加上本能的慾望讓他的精神受到層層束縛。但即使如此，這也不是了解了病因就能輕易解決的問題。

年幼的真一郎由於想保護因為父親外遇而傷心的母親，將自己身心都與母親同化。正因為打從心裡深愛珍惜，才會說服自己也與對方一樣，認為性愛是骯髒的行為。孤獨的孩子只能如此拚了命地努力。

真一郎就這樣度過了人生中的十年，就算知道正確答案，人心也無法像是數學公式一樣輕易切割。

在結婚第十一年，迎接了鋼婚紀念的冬天。

從錫轉變成鋼，可以感覺到兩人的繫絆已是前所未有的強韌且靠近。開始諮商後已經過了一年的時間。無論是站在丈夫背後，或是坐在同張沙發上都已經不是困難了。訓練不僅僅只限在諮商室，更帶到了兩人的生活之中。平井每次都會要求兩人一起完成一項作業。

這次的作業，是要讓兩人更往前跨出一步。他們要一起身處在同張床上，不需要肢體接觸，可以的話，就一起躺在上頭。聽到這作業時，真一郎雖然心跳加快，卻仍是壓下自己的不安。

「我想應該沒問題。您真的幫了我們很多忙。我也想再多努力一點試試。」

博美則是感到可靠似地看向這麼說道的丈夫。

安靜下著冷雨的週日夜晚，兩人吃過晚餐後，就跟平常一樣開始處理作業。平常博美使用的寢室已被調整到相當溫暖的溫度。她已經先洗好了澡。每次要面對作業時，考慮到真一郎的潔癖，博美總是會比平常更仔細清洗身體。原本應該要穿睡衣，但博美卻換上套裝。這麼做比較不會讓真一郎聯想到性愛。

真一郎則是牛仔褲搭配毛衣。兩人進入寢室，立刻就分別走到床的兩側。丈夫的臉色已經有點發青了。

「老公，你還好嗎？平井先生也說不用太勉強，我們可以下次再試的。」

但是，下週就要再去諮商了。若是現在放棄，就沒有能夠好好面對作業的週末了。

「沒問題，我們試試看吧。」

真一郎率先躺上了床鋪，他閉起眼深呼吸著。身體就躺在還差一點就要掉下床的邊緣。

「那我上去了。」

博美身著外出的套裝，輕輕地晃動了床鋪。她看向天花板，一句話也沒說。能夠與真一郎一起躺在同張床上，博美只感到滿心喜悅。他們花上了十一年才走到這一步。

「老公，謝謝你鼓起勇氣跟我一起去諮商。這一年裡，你的工作也很忙，卻還是這麼努力，我真的很感謝你。」

中途，博美的聲音就被眼淚濡溼了。她伸出了手，不是出自於慾望，而是想要傳達感謝的心情。現在的他們，在外出等無法進行性行為的地方，已經可以自然牽手了。

妻子的指尖撫上了丈夫的手臂。為什麼，這個人的手怎麼會這麼冰冷呢？博美慌張地望向躺在身旁的丈夫。他的臉失去了血色，胸口劇烈地起伏著。這是過度呼吸的徵兆。

「老公……你沒事吧……老公。」

真一郎由於過度緊張而失去了意識。雖然最後在博美猶豫是否要叫救護車時順利恢復了意識，但一開口就是相當傷人的話語。

「妳可以離開房間嗎？我暫時無法動彈。」

博美小跑步離開了自己的寢室，為了不讓真一郎聽見聲音，她到了客廳獨自咬著毛巾哭泣。

原本看似順利的諮商過程，卻在鋼婚時出現了逆轉。夫妻之間的距離再次拉遠。人心並不像是建蓋大樓，或是鋪造道路一樣單純。堆積而上後卻又崩毀，又重新再次堆積。就只能這麼重複著。

平井似乎相當習慣這種過程。即使症狀惡化，他也一點也不慌張，又開始一樣的訓練。博美似乎也感覺到了什麼。她從未催促或是開口貶低真一郎。

就結果來說，這時候的暫時退步或許帶來了更好的影響。

真一郎事後不禁這麼認為。就算嫌惡症再次惡化，但只要循序漸進好好努力，即便緩慢，自己的症狀還是能逐漸改善。這次的經驗讓他足以如此肯定。

在約三個月的時間裡，之前於冬天惡化的症狀依舊處於最低點。但在時節轉為春天時，開始出現了恢復的起色。那是在春天的時候，隨著溫暖的氣息，博美與真一郎的距離又再次拉近了。他們又花了四個月的時間，才又能再次一起坐在沙發上。這時，就連平井也不禁感到振奮，難得吐出了稱讚的話語。做得很好，但別心急繼續加油吧。

兩人一起不急不緩地度過了夏日。走在街上，就連年幼的情侶也都交纏著身軀，緊緊黏著對方。鬧區的飯店似乎也都客滿了。在這情況下，這對純潔的夫婦依舊只勾著指尖散步著。這是段深刻又快樂的時光，真一郎有生以來第一次能與女性一起輕鬆享受時間流逝。

秋天對兩人來說，是在身體內部燃起了小小光芒的季節。雖然無法裸體，但若是穿著衣服，兩人也能夠輕輕地擁抱對方。即便無法做愛，但對兩人來說，就像是在伸手不見五指的黑暗中，看到了照亮遠方的晨曦。

開始諮商後的第二個結婚紀念日到來了。

兩人是在過了十二月中旬，聖誕節前夕結婚。在鋼婚之後，來到兩人面前的是溫和柔軟的絹婚紀念。諮商的作業在這時候也到達了最高難度。

兩人要穿著內衣褲一起躺在床上，接著再盡量放鬆聊著與性愛相關的話題。妻子寢室的光線已經完全關掉了。這是因為，真一郎還無法在明亮的地方直視妻子的裸體。

由於上次的失敗，博美這次相當慎重。她一邊觀察著真一郎的模樣，一邊克制自己絕不受感情影響。

「我為了今晚買了新的內衣，可惜沒辦法讓你看到。」

真一郎的聲音帶了點沙啞。

「抱歉，讓妳為了我這麼大費周章。如果是一般男人，博美也不用這麼辛苦。」

絕不能讓丈夫消沉。於是，博美明朗地發聲說道。

「這套內衣是膚色的底布上面再疊上黑色蕾絲，穿在身上就像是只穿著黑色蕾絲，可能有點性感喔。」

「哈哈，真的嗎？」

聽到丈夫的聲音裡傳來放鬆的情緒，博美也隨之開心了起來。

「不過，真是太好了。」

「怎麼了？」

「感覺似乎趕得上了。」

在昏暗寢室的床鋪另一側，感覺到丈夫翻身的動作。光是床墊傳來嘰嘎的聲響，就讓她心跳加速。

「生孩子的事嗎？說得也是，畢竟博美也三十八歲了。」

「不是啦，不只是生孩子的事。要是到了四十歲才讓你第一次看到我的身體，感覺似乎有點可惜。雖然我一開始身材也沒有說多好就是了。」

雖然心裡的情緒就快滿溢而出，但博美還是開玩笑地說道。這時，輕薄的羽毛被沙沙作響，男人的手指輕觸了她的指尖。由於上次的事還讓博美心有餘悸，她不禁緊張了起來。

「你握我的手沒關係嗎？」

真一郎深呼吸後回道。

「沒事的。雖然平井先生說不要勉強，但他也說了另一個完全相反的建議。要是覺得只要稍微加速就能跨越這些困難，試試看也無妨。」

真一郎緊緊握住博美的手，手指更緊緊地交纏。男人火熱的手稍微被汗濡溼。

「再稍微靠近點看看吧，博美。」

一年前就如同大河般寬廣的床鋪，現在卻能輕易的橫跨了過來。丈夫與妻子一點一滴地慢慢縮短彼此之間的距離。最後，兩人的肩膀輕輕相觸。他們也就這樣望向了天花板。

「妳可以脫下內衣褲試試嗎？我也會脫。」

「真的沒問題嗎？」

不知道是因為興奮抑或痛苦，真一郎的聲音低啞。在博美還游移不定時，丈夫似乎在被子裡脫下了四角褲。既然如此，博美也只好跟著他一起嘗試。她下定了決心，躺在床上脫下了內衣與內褲。

「普通的夫婦幾乎每星期都在做這麼辛苦的事啊。」

博美忍不住笑了出聲。

「是呀，心跳忍不住跳得很快。」

「……再靠過來這邊一點。」

分明他就近在身旁，聲音卻小得幾乎無法分辨。

「……過來點。」

博美沉默地將身體靠了過去。不只是肩膀與手臂，兩人的胸口也碰觸在一起。當乳房被男人的胸膛緊壓，兩人感受到對方身體的溫度，幾乎什麼都無法思考。

「我可以抱緊妳嗎？」

聽到這句話，博美再也無法壓抑自己。只見她像是要撞上丈夫似的，全身緊緊抱住他的身體。不僅是胸部，就連腹部及腰身都緊緊貼住男人赤裸的身體。當身體開始行動，更無法抑止內心的感情。妻子抱著丈夫的身體，不斷落下滾滾的眼淚。

（為什麼，會這麼⋯⋯）

不可思議的是，下半身也與眼淚一起濡溼了。她能感覺到從自己內部流出了一道溫熱。真一郎的陰莖也硬挺著，抵在妻子柔軟的腹部，茫然若失。

「試試看吧。」

博美點了點頭，張開了雙腿。開始前完全沒有任何前戲，這是因為真一郎並不知道有前戲的存在。他不知道該怎麼進行，也不知道該往何處去。他就連女性的性器都沒有看過。博美溫柔地撫上他的手，指示方向。

一開始碰觸到的是，溫熱的溼潤。

「老公，就這樣⋯⋯慢慢進來。」

真一郎緩緩地往前推進。這就是與女性結合的感覺嗎？雖然只前進了幾公分，全身卻像是已經溼透似的。好像快要到達最深處了。在光線全都消失的寢室裡，似乎從腰部升起了太陽一般。真一郎緊緊地抱住妻子的腰身，探入最深處。

「博美……我要去了。」

丈夫說出這句話的同時便解放了。接著他繼續抱緊妻子，親吻著對方。博美的手不斷溫柔地撫摸著丈夫的背與頭髮。等到呼吸漸趨平穩，已經不再是處男的丈夫說道。

「真的好舒服……不過，原來是這麼簡單的事啊……為了這件事竟然花上了十二年的時間……我究竟在做什麼啊。」

博美哭泣著，從下頭抬起身子回吻著丈夫。

「竟然十二年都這樣放著博美不管。完全沒為妳做些什麼，抱歉……我真的很抱歉。」

即便身處昏暗的寢室裡，他也知道妻子用力地左右搖了搖頭。

「你才不是什麼都沒為我做啊。性愛也不是只有插入跟射精就結束的事。你在這十二年裡，一直都在跟我做愛。今晚，這漫長的第一次終於結束了。要不是這樣，我早就跟你分開了。誰叫你一直都愛著我呢。」

真一郎像是咆哮似地，揚起聲音哭泣著。他全力抱緊了長年以來一直等待自己的妻子，陰莖也依舊火熱硬挺地埋在妻子的身體裡。不僅是內心，連身體也能結合的感覺，實在是太過美好。

「我們分明迎接了絹婚紀念，感覺卻像新婚一樣。」

博美攀抱著真一郎說著：

「從今以後，也請多指教囉。」

真一郎替博美理了理額頭汗溼的頭髮。接著，朝著第二次的高潮，又在妻子的身體裡動了起來。

埃及豔后

踏出醫院，外頭便是春天的街道。

吉野櫻已經落盡長出了新葉，櫸樹像是芹菜一樣，只有樹梢長出了點點翠綠。這是西新宿悠閒的午後風景。據說今年流行金屬色與迷你裙，街上的女人們都拿著閃爍著金屬光芒的包包，露出裸露的大腿，就像是要上戰場似地四處行走著。年輕的女人為何總是如此充滿攻擊性呢？

刺眼的陽光讓坂本久志瞇起了眼，特意深呼吸了一口。他想要將滿是消毒水味道的醫院空氣，全都從胸口裡全數吐盡。他的父親久則長年以來心律不整的老毛病惡化，五天前開始住院，下週要動心臟手術。雖然他原本心臟就不好，但他在六十歲之後才第一次動手術。母親在很久之前就過世了，沒有其他家人可以陪伴。

「不用擔心，我在看到孫子之前不會死的。比起我，佳惠的身體還好嗎？」

他回想方才父親說的話。父親與自己一樣，個性都比較軟弱。也因為如此，他很清楚父親是在逞強。但他之所以會堆起笑容開朗地回答父親，與其說是體貼，更像是想盡了辦法想要撐過那種場面。

「她已經好很多了，現在也可以跟平常一樣吃東西了。」

佳惠得了重度的妊娠毒血症。嚴重的時候，她會整天都無法控制想吐的感覺與唾液分泌，只能在醫院的病床上咬著紗布度過一天。像布巾一樣的紗布另一端會垂到洗臉盆裡。人竟然會對自己身體裡的嬰兒過敏，還真是種奇怪的病。看來即便對母親來說，嬰兒仍舊也是異物。

父親瞇起了雙眼。

「是下個月沒錯吧？預產期。真是期待。」

第一個孩子的預產期，是在六月的第一個星期。比起期待，久志反而更加感到不安。究竟自己能否成為一個好父親？能否將孩子好好撫養至成人？他是否能在這間公司待到那時候？

他一臉陰沉地走在高樓大廈構成的山谷谷底，思考著新工作。久志在中型電器公司上班。在泡沫經濟崩壞後幾年，公司也好不容易轉型為製造商，原本久志與其他人都覺得這麼一來就不用擔心了。但是，在社會終於脫離景氣不好的危機後，原本由創業者代代相傳的公司卻不太對勁。

新開發的商品贏不過品牌魅力較高的大公司，原本是公司收益台柱的白色家電也受到其他亞洲國家的外來品影響，銷售量下跌。其他同業者都獲得了空前未有的收益，但久志的公司卻時常可見連續二、三期的赤字。董事會裡已經有一半的成員是金融機關外派來的人員。

原本隸屬總務部門，只負責庶務管理與文書工作的久志，也跟其他同部門的半數同事一起被派到了毫無經驗的業務部。工作內容則是要讓受到量販店衝擊，已經了無生氣的電器店將業務自己也不會買的電器商品擺放至店面販售。在外頭不斷低頭鞠躬後，回到公司卻還有除了聲音宏亮外別無優點的上司與標明業務成績的大圖表在等著。久志的成績則是在被稱為解僱預備軍的後半部。

在舒適的陽光籠罩之下，久志卻差點放聲大喊。父親很可憐，妻子也很可憐，即將出生的嬰兒也很可憐。而比起所有人，最可憐的則是久志自己。

在久志眼裡，今年春天之所以看起來如此灰暗，的確有著一定的理由。

他走在新宿站附近的地下連接通道裡。遊民已經全被驅逐，空蕩蕩的空間更是空虛地壓迫著他的胸口。久志突然想做點蠢事。既然這個社會不將自己當成人來看待，那他想以惡意來回報這個世界。出門前，他在公司的白板上寫了：探望父親與探訪客戶，六點會回公司。現在還有三個小時以上的空檔。

像大學時期一樣，去看洋片首映也不錯。但既然天氣這麼好，在公園看些輕鬆的小說也很好。或者是像其他同事一樣，去私人電影館租個AV來看，膩了就睡個午覺，倒也是個不錯的選擇。今天他決定不工作了，剩下的時間要用來好好休息。一旦這麼決定，久志的步伐也跟著輕鬆了起來。

幸好這裡是新宿，無論是愉快輕鬆的娛樂，或者是邪惡的誘惑都不會匱乏。久志踏上了地下街連接地上的階梯。既然不回公司，那就不用去車站了。他在明亮的步道上鬆開了領帶。三十五歲的業務，踩著行進曲的節奏，朝著歌舞伎町出發了。

在經過橫跨靖國通的路口時，久志被身旁的電話亭吸引了注意力。電話亭的玻璃就像是南洋的魚一樣，被色彩鮮艷的鱗片滿滿包裹著。每一張都是約會俱樂部的廣告傳單。

「首先，就從這裡開始冒險吧。」

他搖搖晃晃地踏進了電話亭，拿起話筒假裝成正在講電話的樣子。他一張張地看向那些宛如拿尺量過，維持著垂直水平的廣告小名片。即便同是約會俱樂部，內容跟價格也各有不同。那些有著明日之星、現任模特兒或是空姐的高級俱樂部，有些光兩小時就得花上四萬元。一般定價似乎是兩萬到兩萬五千元左右。

（蹺掉工作去賓館。）

比起與對方實際發生性行為，這件事還更有著對公司復仇的感覺。久志對八大產業不是很清楚，在這地區更沒有常去的店家。要找店也很麻煩，不如就選約會俱樂部吧。可是，二萬五千元實在有點高昂。下個月還有嬰兒的奶粉跟尿布錢等新的支出。久志就像是在閱讀業務報告一樣，仔細地看起了所有的廣告。

接著，久志逐漸搞懂了大致的生態。張貼在眼睛高度的大多是受歡迎的高級店，有許多擅自盜用寫真女星照片的花俏廣告，或是經過特意設計的廣告。但是，越往下方看，廣告的自製感也越來越強。裡頭甚至還有用麥克筆書寫後再拿去影印的黑白傳單。

那間店的廣告就位於下方難以看到的地方。

（埃及豔后……這是什麼啊？）

在深紫色的廣告上只有白色的文字寫上店名、電話及收費。最吸引久志的則是這間店的收費，二小時一萬五千元。雖然是下方這些店面不時可見的便宜收費，但廣告的設計風格倒是不差。

（打電話過去問問情況吧。）

在他拿出放在西裝內袋的手機後，突然改變了心意。他不想要自己的手機號碼留在那類店舖的來電紀錄裡。於是他從錢包裡拿出零錢，投入了眼前的公共電話。

話筒裡傳來相當有禮的男性嗓音。

「謝謝您來電，這裡是埃及豔后。」

被對方氣勢震懾的久志答道。

「請問，貴店大致上是什麼樣子？」

男人的聲音就像是巴士車掌一樣抑揚起伏。

「讓我為您介紹本店的消費流程。收費為二小時一萬五千元整，飯店費用另計。若是不滿意，可以無限次替換小姐。麻煩您進入離您最近的飯店之後，再次來電。」

「那這樣，可以做什麼？」

「可以享受所有大人的娛樂。」

久志猶豫了起來。是不是要再打電話給其他俱樂部，了解一下情況比較好？這時，男人又像是唱歌似地說：

「現在我們店裡的 No.1 正好有空檔，推薦給客人您。」

個性軟弱的久志不禁答應道。

「啊……那就麻煩了。」

「能請問您怎麼稱呼嗎？」

久志差點說出自己本名，只好慌張地閉起嘴。對了，就用業務部長的名字吧。

「我叫神山。」

「好的，神山先生，等候您稍後來電。」

久志在電話亭裡偷笑了一下，掛上了話筒。

走進歌舞伎町深處，街道的模樣也隨之變化。餐飲店的數量減少，反而要找到不是愛情賓館的建築還比較難。反正只是要在裡頭待兩小時，久志就盡量找了休息時間便宜的飯店。

在這裡也能看到通貨緊縮的影響。有幾間賓館都只要三千元，就能在下午五點之前的優惠時間不受限制地休息。他選了裡頭看起來比較新的賓館，確認是否有空房。那是間貼著白色磁磚，看來像是全新公寓一樣的飯店。就算他只有一個人，櫃台也毫無疑問地將鑰匙遞了過來。久志搭電梯上到房間，走廊就跟其他商務旅館一樣，構造相當簡單。

407，這三位數在黑暗中閃爍著。久志拿著鑰匙，踏入了房裡。

設有地腳燈的玄關相當狹窄。窄小的走道往內延伸，右手邊應該是浴室。再往前走，就能看到三坪左右的房間。雙人床與壁掛式的四十二吋電漿電視，充滿了壓迫感。房間裡的擺設也跟商務旅館差不多。這樣的話，以後出差也能考慮。久志將公事包往床上一丟，開始打起了電話。外線要先按下0。話筒裡立刻傳來了那男人的聲音。

「感謝您來電，這裡是埃及豔后。」

「我是神山，現在已經進飯店了。」

男人應答如流，就像是設計良好的語音服務。

「請教您的飯店名稱與房間號碼。」

久志看向手上的房間鑰匙。

「ADVANCE 的 407 號房。」

「好的，謝謝您。大約十分鐘之後小姐就會到達您的房間，還請稍候。那麼，之後就再麻煩您了。」

久志將外套掛上衣架後，就閒著無事可做了。他按下遙控打開電視，無論是脫口秀、國會討論、重播的連續劇，每個節目都相當悠閒，根本起不了想看的欲望。雖然也有這裡必備的成人頻道，但馬賽克就占了大型電視一半以上畫面，讓他立刻就轉台了。

最後他選了有線電視的自然節目。那是在描述生存在北極海的冰冷海水中的生物紀錄片。久志伸長了腳，坐到了床上，不禁開始思考自己究竟在做些什麼。在電話亭裡的那種興奮早已經消失無蹤了。

電視上出現企鵝衝入銀色小魚群的畫面。在陸地上看來可愛的生物，在海中卻是猙獰的獵人。有隻虎鯨虎視眈眈地看著那隻企鵝。看來就連在冰冷海洋中，也沒有一處可逃之地。

這時，門鈴響了。久志隨之跳下床，沒穿拖鞋就走向了玄關。

「來了，稍等一下。」

解開門鎖後，他推開了沉重的門扉。一位女性站在昏暗的走廊上。年齡看來比自己還要大上十歲，久志不禁全身脫力，僅存的興奮全都雲消霧散了。

「我是埃及豔后派來的惠梨花。」

約會俱樂部的女性帶著假笑開朗地說道。這就是他們的NO.1啊。當久志猶豫要不要換人時，女人又接著說。

「哎呀？選我沒問題吧？還請多多指教囉。」

還來不及阻止，她便大步地踏入玄關。接著又脫下了高跟鞋，進了房間。久志錯失了請惠梨花離開的時機。女人便在床旁的合成皮沙發上坐了下來。

「我可以抽根菸嗎？」

她抽出菸點了火，側著臉吐了一絲白煙。

「是不是年輕一點的女人比較好？不過我們是熟女專門店，就只有三十歲以上的人喔。」

雖然久志試圖回想在電話亭看到的傳單，但卻完全想不起有關其他小字的記憶。或許是因為太過慌張，不小心沒看到。久志不禁對自己的粗心大意感到懊惱。

「客人你是上班族嗎？我可以告訴你女人不是只有年輕的才好喔。」

惠梨花深深地吸了口菸。在略顯昏暗的房間內，就只有香菸的尾端像是螢火蟲一樣發著紅光。久志觀察起眼前的女人，略帶捲度的長髮染成了茶色，長相在二十年前肯定是個美女。不過，眼周、眼袋、臉頰跟下巴，所有線條全都輸給了重力，開始下垂了。被幾何模樣的綁帶洋裝包裹住的身體，究竟是豐滿還是肥胖，實在看不太出來。

「那要麻煩先支付一萬五千元。」

久志麻痺似地從錢包裡拿出了鈔票。惠梨花收過了錢，就折成一半塞進香菸盒裡。接著，她在菸灰缸裡捻熄了香菸，就像是要打算開始工作似地站起身來。

「請您先沖澡吧。」

雖然看起來有些大剌剌，但卻是個貼心的女性。撇除年齡與外表，或許不是那麼差勁的對象。不過，久志也不太了解約會俱樂部的女性要是刪去了這兩個因素，還會留下什麼。一萬五千元對上班族來說是筆不小的開銷。為了說服自己，久志只好拚了命地尋找惠梨花的優點。

久志在沖澡時，塑膠製的門突然被打開了。

「打擾了。」

頭上戴著塑膠浴帽的惠梨花突然踏了進來，笑了一笑。

「我來幫你刷背。」

跟剛見面的女人在五分鐘內就赤裸相見地沖澡，感覺實在有點奇怪。她讓沐浴乳起泡後，用手心摩擦著久志的背。

「會不會累？我來揉揉你的肩膀。」

因為泡沫變得滑順的手指開始揉起了久志的肩膀。

「哎呀，很僵硬呢。你的工作應該很忙，累積了不少壓力吧？」

她沖掉泡沫，認真地用拇指揉開久志肩膀的肌肉。雖然很痛，卻又很舒服。久志忍不住嘆息出聲。

「啊，這樣很舒服耶。」

惠梨花開心地說道。

「我們在等指名的時候都會互相按摩。到了這年紀，身體四處都會開始出問題。畢竟我們這工作也是肉體勞動。老實說，我的按摩可是很出名的喔。」

兩人淋著溫水，惠梨花幫久志揉開了肩膀與背部痠痛的肌肉。真是出乎意料的服務。

「那你稍微往前轉一下。」

惠梨花擠了大量的沐浴乳在手上後，向久志伸出手。

「來，握手。」

久志握住了年長女性柔軟的手，他的手上也跟著沾上了沐浴乳。惠梨花笑著抬頭看向久志。

「我來幫你洗，客人也可以洗我身上你喜歡的地方。」

兩人的手同時伸向了胸部。從胸膛到側腹到肚臍，惠梨花逐漸往下滑動的手相當舒服。久志也像是要撐起下垂的乳房似地伸手清洗著。觸感就像是裝滿了熱水的塑膠袋，就只有乳尖立了起來，在手心留下了觸感。

惠梨花的雙手包裹住久志的陰莖，溫柔地揉出泡沫，再清洗著光裸的前端。不知為何，還沒完全硬挺的時候總是會比較敏感。久志忍耐著不發出聲音，腹部也浮現了腹肌的陰影。

久志也伸出中指撫向惠梨花的腹部，惠梨花張開了腿，方便讓久志更容易撫摸。沿著中央往下撫摸時，他的指尖卻因為沐浴乳以外的液體而滑了開來。

（原來這個人也溼了。）

這麼一想，久志的陰莖也硬了起來。惠梨花雙手握住陰莖微笑著，眼尾的皺紋也隨之加深。

「哎呀，好像有精神囉。」

久志一邊揉捏著年長女人的陰核，笑著回應。

回到床上，惠梨花用浴巾緊緊裹住自己的身體，也要久志直接仰躺在床上。

「你不用出力，放輕鬆吧。」

房間裡的光線被調暗了。或許是惠梨花在久志不注意的時候悄悄調整的吧。當他抬頭看向天花板，才發現上頭設有一面細長的鏡子。整個房間雖然看起來跟商務旅館沒兩樣，就只有天花板做得跟愛情賓館一樣。

惠梨花在久志的身體上方動了起來。先是輕輕吻了嘴脣之後，再逐漸往下移動。舔過了脖子與耳朵，接著是鎖骨與乳尖，再來則是手臂內側與手肘。她的舌技巧妙，在較硬的地方會較為用力，但到了腋下或手腕則會完全放鬆輕舔而過。

「客人，舒服的話你可以叫出來啊。雖然年輕女孩會覺得噁心，但男人悶哼的聲音很可愛，我很喜歡喔。」

惠梨花邊將舌頭探入肚臍說道。原先以為惠梨花會往下舔過久志開始鬆弛的腹部，開始愛撫陰莖，沒想到她卻直接跳往腳踝。惠梨花先舔了左右兩腳的腳踝與阿基里斯腱，再舔往小腿肚與脛骨，更細細地舔過大腿內側及外側。

這時，久志的陰莖已經透明地濡溼了。惠梨花笑著，嘴脣兩側的皺紋也跟著隨之加深。

「那我就來試吃吧。」

她先用舌頭輕戳試探之後，便開口含住，就這樣緩緩地將陰莖吞入口中。最後，口紅有些掉妝的嘴脣碰到了久志的恥骨。女人的喉嚨就像是在唱歌一樣蠕動，刺激著久志的陰莖。

「……這個，好厲害……惠梨花這樣不難受嗎？」

惠梨花慢慢地將陰莖從口中退出，撩起瀏海後，擦了擦了自己的嘴角。

「一開始難受到差點吐出來，但習慣之後就沒什麼了。有些客人還比較喜歡不做到最後，只用嘴巴就好呢。」

「這樣啊。」

惠梨花發出聲音吸吮著久志的乳頭。

「客人你比較喜歡主動進攻，還是喜歡被進攻呢？」

就算她這麼問，久志也不太了解，更從來沒想過。

「我覺得大家應該是兩種都喜歡才對。不過，這次就照惠梨花喜歡的方式來吧。」

就連這類經驗寥寥可數的久志也逐漸了解專家的工作就是有所不同。比起自己個人的喜好，不如好好享受惠梨花毫不保留的高超技巧，肯定會大開眼界。

「是嗎？真開心，我比較喜歡主動進攻男人呢。」

這麼說道後，惠梨花又像是吞下蛋的大蛇一般，將久志的陰莖再次吞入自己嘴裡。久志往上看向天花板的鏡子。女人的腦袋在自己腰部上下移動著。這時候，久志終於發現自己原來早就發出了叫聲。只見鏡子裡自己的嘴巴隨著惠梨花頭髮的律動不斷張合。

「你繼續躺著就好。雖然只不過是額外的服務，但有些爺爺光是用手幫他戴套，就會在中途軟掉了。」

惠梨花用舌頭替久志戴上她含在口裡的保險套。她跨上久志仰躺的身體，主動將陰莖的前端抵上了女性性器的入口後，緩緩地將腰沉了下來。就跟嘴巴一樣，這次她也輕輕鬆鬆地就將久志全吞進了體內。她前後搖擺著腰肢說道。

「要是快去了就先跟我說喔，要是立刻結束就太可惜了。」

這是在指自己，還是我這邊呢？久志的視野裡可以同時看見下垂的下乳房與女人反射在鏡中靈活擺動的臀部。惠梨花的內部毫無任何壓力。看來年長的女性身體，無論是哪個部位都非常柔軟。她的性器內部，觸感就像是用手指輕戳就能深深陷入的乳房一樣柔軟。

上下一陣子後，久志不禁喊叫出聲。

「我有點擋不住了。」

同時，惠梨花也立刻停止擺動腰肢。她雙手抵上男人的胸膛，從上頭望著久志。這真的是剛才在門口覺得不甚滿意的女人嗎？現在，久志卻覺得這中年女人看來相當可愛。

「來全套的好嗎？」

久志一點頭緒也沒有。不過，惠梨花的全套肯定值得一試。

「好啊。」

看到久志點頭後，惠梨花便伸手探向了床頭。她從化妝包裡拿出小塑膠瓶與螢光粉紅的跳蛋。她將陰莖從自己的下體退出後，再將小瓶裡的潤滑液充分淋在陰莖上。接著又在久志身旁趴下，動作熟稔地將跳蛋塞入自己體內。她轉過頭，抬起了臀部。

「順便試試後面好嗎？大家都說前面塞了跳蛋之後，振動也會跟著傳過去，很舒服喔。」

惠梨花的臀部有著一粒粒的脂肪及痘疤。但是，久志也不會因此軟掉。再美的女人屁股應該差不多都這樣吧。他覆上女人的身體，將陰莖抵上緊閉著開口的後庭。惠梨花從下面探出手指，調整了角度。

「好了，慢慢進來吧。」

久志第一次將自己埋入後庭，陰莖前段的觸感就像是被嬰兒握住了手指一樣。惠梨花慢慢地吐著氣。

「沒問題，就這樣進來。」

跨越了一開始的抵抗，接下來就與她的嘴巴或性器一樣。惠梨花的後庭柔軟深邃，接納了久志的一切。

「隨你喜歡的動吧。」

久志順從著身體的慾望，在惠梨花的身體裡動了起來。

久志的腦袋一片空白。即便這裡是歌舞伎町的賓館房間，即便對方是約會俱樂部的女人都無所謂。現在這個時刻，公司也有許多同事正努力工作才對。父親也在病房裡為了心臟手術而仔細調整身體狀況；妻子則是忍著嘔吐感，等待著預產期的到來。更別提自己已經被列入了可能被解僱的名單，不久後就會被公司開除了。

但是，那又如何？

人生本不該戰戰兢兢地活著。久志擺動著腰思考著。我們全都是現在這份愚蠢快樂的產物啊。除了出生死亡以外，還能做什麼？再也抵不過快樂的久志，便在剛見面的女人臀部裡吐出了所有累積的憤怒與恐懼。他的陰莖鼓動著生命的節奏。在享受著強烈的高潮同時，久志也在昏暗的賓館房內笑了出聲。

首爾之夜

盛夏的首爾，炎熱的程度完全不輸東京。

這股熱氣甚至會讓人以為自己身上的肉全都正緩緩融化，流下了肉汁，就像是在烤網上流下透明油脂的豬五花。三井滋是位劇作家，為了撰寫以首爾為舞台的新電影劇本來到了韓國採訪。這是他第三次來到韓國。

首爾的街上四處可見正在建造中的高樓大廈，樑柱與牆壁都細薄得讓人不禁擔心。不過對鮮少發生地震的這個國家來說，這樣已經相當足夠了。輕薄的大樓從四十樓、五十樓、六十樓不斷往天空堆積而上。當國家正處於急速發展狀態時，展現出來的氣勢與危險，令人不禁顫慄。

凹凸不平的道路，配有手槍的機場警衛，就連在徵兵制度中接受過鍛鍊出來的百貨公司店員，身材也都相當魁梧。到了市區，放眼望去幾乎都是韓國車。本國製的汽車填滿了車道。在亞洲數十國裡，就只有韓國與日本會有這種景象。

滋為了書寫劇本，紀錄了許多街道的印象。

走在繁華市區裡的年輕人，幾乎與日本毫無差別。他踏進書店晃晃，也能見到不只是日文雜誌，更有日本作家的書被平放陳列在書架上。無論哪間書店都能見到這種景色。日本與韓國的文化透過無數疊合，正要合而為一。這是他在首爾四處行走的感受。

在首爾的第二天，滋回房間放了行李後，又出門吃晚餐了。跟他同行的是獨立電影製作人東山與助手岩瀨。他們選了在離飯店不遠，地處明洞的韓國烤豬肉店用餐。韓國的牛肉大多是澳洲產的冷凍紅肉。若不是相當高級的餐廳，是不會使用韓國牛肉的。所以，大多店裡的豬肉都比牛肉來得美味。

他們十點過後離開了餐廳。從柏油路上散出的餘熱，搖動著夜晚的空氣。東山開了口：

「再去下一間店吧？」

既然都吃飽了，下一間應該就是要找酒或是女人吧。製作人熟練地避開了招攬人們前往夜晚娛樂的拉客人員，繼續前進。

「像這樣一邊為了新劇本採訪，一邊想像著故事或人物，這個階段才是最有趣的。」

四十多歲的製作人的聲音從前頭傳了過來。

「等到劇本完成，交給導演之後，我們的工作就幾乎結束了。之後就是拍攝、宣傳、上映等越來越麻煩的工作。現在這時間，這部電影是專屬於我們的。」

東山說得沒錯。滋是劇本作家，這份工作就像是男性在生殖的職能。只要完成劇本交出去後，之後工作人員及演員就會照著那份設計圖揮舞著汗水，打造出實體；就像是女性在子宮裡孕育受精卵。若是如此，劇本或許就像是精子。在電影裡，遠早於任何人達到高潮就是劇作家的工作。

「就是這裡。」

製作人走下通往時裝大樓地下的階梯，看板上寫著「白百合」。木門旁擺有一盆麝香百合，往外捲曲的花瓣深處積滿了黃色的花粉，香味強烈刺鼻。

「哎呀！社長，歡迎光臨。」

東山似乎是這間店的常客。這間俱樂部的內部不像銀座同類的店鋪一樣豪華。沙發鬆散地排列著，其中可以見到一些有些枯萎的觀葉植物。目前只有一組客人坐在角落。

媽媽桑帶了三位女人來到了他們這組沙發來，並讓她們穿插坐在男人之間。其中一位是韓國人，其他兩位是日本人。這裡就跟店名一樣，是位於首爾的日本人俱樂部。

坐在滋身旁的是位穿著白色金蔥洋裝的女人。她的年齡約大於二十五，或是三十歲出頭。是個年齡難以分辨的女人。她用韓國酒商出產的威士忌做了水割。

「我是美園。請問各位為什麼會來韓國呢？你們看起來不太像是出差的上班族。」

滋身著T恤跟牛仔褲，由於尋找場景時也會爬山，腳上則穿著登山靴。

「我們是為了拍電影來的，為了寫劇本來取材。」

「哇，好棒喔。」

她們表現得就與其他店的小姐一樣。但是滋從沒來過這種店。不過，最近的女人已經很清楚拍電影是個不賺錢的工作了。

「為什麼美園會在韓國呢？」

美園輕輕對碰了酒杯後說道。

「以前跟韓國的男友交往，就過來了。」

「原來是這樣，後來跟那男友怎麼了嗎？」

大多數的酒店小姐就與大部分的年輕女孩一樣有交往的男友，而且幾乎都不是會來店裡光臨的大叔，而是跟她們差不多年紀的男人。滋的新劇本是以日本韓國為舞台的愛情故事。他這麼問，並不是為了調戲美園，只是出自好奇。美園也老實地回道：

「交往兩年之後，我們就分手了。」

「真的啊？那為什麼不回日本？」

他在特意調暗的照明下觀察著美園的臉龐。她有對大眼，瞳孔則是明亮的茶褐色。嘴巴雖小，但有著一定厚度。不算標準美女，但稱得上可愛。

美園歪著纖細的脖子。

「我自己也不知道為什麼。可能首爾的感覺比較適合我，或者是這裡雖是外國卻又不像外國的感覺，讓我覺得很舒服吧。」

這時，製作人東山插話進來。

「妳應該跟韓國日本兩邊的男人都交往過吧？那妳覺得交往的話，哪邊比較好？」

在首爾日本人俱樂部的女人似乎已經習慣了這種話題。

「交往三個月就選韓國，一年就選日本吧。」

這句台詞好像可以用在電影裡。滋又開口：

「為什麼？」

「因為韓國交往會有很多紀念日。交往一星期、一個月、三個月、半年、一年。每次紀念日都會送禮物，準備驚喜，真的非常用心。可是韓國男人都會不斷介紹家人或親戚，最後就會越來越難受。要是結婚的話，就會變成他們家的人，會更加辛苦。」

「原來是這樣，哪邊的男人比較溫柔？」

美園蹙起了畫得完美的眉毛。

「嗯～這個問題很難呢。表面上應該是韓國人吧。不僅會幫忙盛菜，也處處都是女性優先。不過，交往久了都會變得隨便，真要說的話大概是日本人吧。」

滋在內心記下了美園說的話。能讓電影更有現實感的，就是這一類的台詞。

「那就是談戀愛選韓國人，結婚就選日本人的感覺囉？」

美園露出了笑容，讓她看來像是年輕了五歲。從洋裝露出來的白皙肩膀看來相當柔滑。

「歡迎光臨。」

一開始打過招呼後就先離席的媽媽桑回到了這一桌，就坐在東山的對面。

「啊，對了。美園，手借我一下。」

另一位日本人開口說道：

「啊！出現了，媽媽桑最擅長的性愛占卜。」

助理製作人岩瀨不禁問道。

「那是什麼啊？」

「媽媽桑她只要一握女孩子的手，就可以知道那個人以前經歷過怎麼樣的性愛，有多麼敏感。我以前也有被握過手，真的準得很嚇人。因為美園還是新人，今晚應該是第一次被占卜吧？」

滋注視著酒店小姐的側臉。美園露出有些困擾的模樣，伸出了纖細的手。媽媽桑雙手包覆住美園單薄的手掌，露出了沉思的模樣。

「哎呀，妳好像有著很棒的東西喔……」

美園的臉頰害羞似地紅了起來，沙發則是受到歡呼聲包圍。「美園一定很色喔！」韓國人的酒店小姐大聲地說道。

「……不過，好像還沒真正開花。美園，其實妳還沒跟真正了解妳的人做過愛。妳還沒跟身體契合的人做過吧？」

美園抽回手後說：

「真奇怪，我現在也覺得很滿足了說。」

媽媽桑則是一臉老成地說道：

「人上有人，女人的滿足上頭還有另一種滿足呀。」

女人們開始熱烈地聊起了過去性愛的話題，應該是認為這類話題是給客人的福利吧。但美園沒有加入話題，只是笑著看著大家。她小聲地詢問滋。

「你到現在寫過什麼樣的電影劇本呢？」

滋的年紀大約三十五歲上下。不過多虧了日本電影的活躍，他已經以劇作家的身分參與了五部電影。其他還有三部負責大綱或修改，沒有掛名的作品。

「《看海的午後》、《騷動》、《誘拐的記憶》、《最愛的男人》、《大阪Runaway》。」

他隨時都可以輕鬆講出自己的作品。不過，電影的實際內容是屬於導演與主要演員，收益則屬於投資家或製作人。美園的眼神為之一亮。

「《看海的午後》真的很棒。我記得最後女主角說了這些話：『雖然我像是在看海，卻是在看著你。也曾覺得自己絕不可能厭倦。不過，我決定劃下句點。跟這片海洋，跟你都說再見。』」

那部電影是滋的處女作，同時也是自信作。台詞是原作小說裡沒有出現的話語，是滋的創作。沒錯，即便無法變現或換得名聲，但電影裡出現的台詞，是屬於自己的。

「在我猶豫要不要跟男友分手的時候，正好看了那部電影。也因此下定了決心。」

「果然還是要分手？」

美園思考了一下，露出了笑容。

「沒錯。我決定跟他分手，然後自己去看海。真沒想到可以見到寫出那句台詞的人，我能從事這份工作真是太好了。今晚真是太開心了，我再喝一點吧。」

看見美園舉起了酒杯，滋也輕輕地舉杯相碰。透明的酒杯相碰後發出了清澈的響聲。在那之後，美園與滋的對話就瞬間變得親密了起來。甚至讓人分不清這裡究竟是首爾，還是東京；究竟是俱樂部，還是飯店的酒吧。就像是流暢的傳接球一般快樂，兩人聊天的時間不斷流逝。

「明天還要繼續採訪，今天就差不多到這裡散會吧。」

過了十二點，製作人便這麼對媽媽桑說道。滋不禁有點慌張了起來，他還想繼續跟美園聊天。無論是喜歡的電影，還是以前交往的女人，他們都只聊了一半。美園似乎也帶著懇求的眼神看向滋。但他的電話無法在韓國使用。

滋將紙巾塞進牛仔褲口袋後站起身。身為劇作家，他總是隨身帶著筆。他走進洗手間，在洗手臺上將飯店名稱與四位數的房間號碼寫上紙巾。一回座位，美園就遞了擦手巾過來。滋簡單擦了手，就將紙巾與擦手巾一起還給了美園。美園瞄了一眼紙巾，便露出了開心的表情。

「我剛剛也有準備呢。」

她遞出了名片。滋接過來翻面一看，上頭寫著手機號碼。原來這個人也想跟自己多相處一些時間。喜悅的心情在滋的身體裡竄動著。美園悄悄在滋的耳邊說道：

「我一點應該就能下班了，請你要等我喔。」

滋感覺自己就像遇見了莫大的幸運，遲遲無法冷靜。

雙人房半夜響起的門鈴，有如雷聲轟頂。

洗完澡後穿著浴衣休息的滋忍不住從床上跳了起來。一打開門，就看到美園穿著開襟針織衫與牛仔褲站在外頭。

「嘿嘿，我來了。」

即便她年紀大概是三十多歲，但像剛才那樣吐著舌尖的模樣，怎麼看都像是女大學生。她一進房便環顧了四周。

「真是間好房間。」

她將額頭抵上窗戶，俯瞰著二十四樓的夜景。

「而且風景也好美。」

滋相當困擾。畢竟一開始應該要由男人主動才行，不過，他每次都會感到猶豫。男女之間的確存在著可能破壞一切的第一步。

「怎樣？還要再喝點嗎？」滋打開冰箱問道。

「酒就先不用了。再喝下去的話，我會想睡。不過今天很熱，我流了不少汗，可以跟你借一下浴室沖澡嗎？」美園從窗戶回頭說道。

真是關鍵的一句話。男人總是受到女人幫助。聽著水聲，滋呆滯地看著消音的電視。電視裡播著戀愛連續劇。就算不懂台詞，他也可以想像故事。無論哪個國家，電視劇總是非常單純。

美園裹著浴巾踏出了浴室。她直直走向床鋪，伸出手後說道。

「我也要喝。」

她一口氣喝光了滋手上的礦泉水。旋緊了瓶蓋後，她站在雙床中間詢問：

「我該上哪邊的床才好呢？」

滋露出了笑容，看來，緊張的時間已經結束了。

「來我這邊就好了，不然我們兩個一起過去另一張床也可以。」

他看向純白又毫無皺摺的床單。隨後，美園躺上了還沒有人用過的床鋪。

「要是這樣，三井先生過來這邊吧。過來之後，如果你還可以說些讓我有那種心情的台詞就好了。」

滋將自己三十多歲，長了點肉的身體覆上了美園纖細的身體。即便是在微暗的飯店房間裡，美園的眼睛也像是覆了一層水似地閃閃發光。

「根本沒有絕對會讓女孩子們產生那種心情的魔法台詞。要是真的有，我就集結成書，一本賣一百萬了。」

美園雙手圈上滋的脖子，微微噘起了嘴唇。滋也慢慢地將嘴唇靠近。雖然慢得令人焦躁，但那卻是比親吻更要來得甜美的時刻。

美園的嘴唇非常柔軟，舌頭比滋小了一圈，在滋的嘴裡靈活地蠕動，就像是絕對無法捕捉的小魚。美園的手也從滋的脖子往背慢慢下滑。

「三井先生的背好光滑喔。摸起來感覺很舒服，讓我的手指感覺也很開心。」

但是，快樂並不單屬於女人，美園的手指好像塗了什麼奇怪的藥。從滋的背部，肌膚表層傳來如波浪一般的快感。

「不知道為什麼，被美園一碰我也覺得很舒服。」

「真的嗎？」

美園坐起了身體，兩人交換了身體的位置，換成滋仰躺在床上。美園張開柔軟的手指，從肩膀一路撫摸到手腕。滋心裡慌了起來。這是他人生第一次光被女人撫摸手腕，就舒服到自己必須咬著嘴唇忍耐。

「太奇怪了。美園，妳真的沒在手指上塗東西嗎？是不是塗了藥？」

美園張開小巧的手，笑了。

「我什麼都沒塗喔。不過，我的手指也覺得很舒服，想要一直觸碰三井先生的身體。就像來我們店裡的好色客人，老是會亂摸人家身體說『啊啊，這肌膚摸起來真舒服。』如果對象是三井先生，我好像就會變成色大叔呢。」

究竟是否只有自己會感受到這種快感？要是反過來又會如何？

「那這次換美園躺著，換我來試試看。」

一旦做出決定後，女人似乎都比較勇敢。只見美園一動也不動地仰躺在床上。就算身上圍的浴巾鬆了，也不伸手遮住胸部。滋雖然感到可惜，也只好對小巧但形狀姣好的乳房視而不見，輕輕地從肩膀一路摸到手腕。

「這個、不行！」

美園拚命地喊叫出聲。她的上半身全起了雞皮疙瘩，乳尖附近的細毛也都垂直豎了起來。而滋的指尖也的確從美園的身體上感受到了快感。所有的手指沉醉於快感之中。滋無法控制自己的行動，緩緩地撫上了美園的側腹。力道正好維持在若有似無的絕妙程度。

「這個也不行啦……」

美園聲音似乎開始帶起了哭腔。滋覺得很有趣，畢竟他的技巧不算超群，做愛的次數也不過跟一般男人差不了多少。不過，在首爾的日本人俱樂部相遇的女人，卻露出了出人意料的反應。

「妳趴下來看看。」

美園的背很白。滋親吻了肩胛骨之間的低淺山谷。美園輕顫著腰身說道：

「好奇怪喔。只要一被三井先生碰觸，身體就會很奇怪。」

他試著用舌頭描繪如翅膀般開展的肩胛骨輪廓，接著一根根確認從脊椎延伸出來的微彎肋骨，更用手指與舌頭親自確認了脊椎與臀部連接處的複雜構造。到了這階段，美園只能不斷地發出嬌喘。

「我已經什麼都搞不懂了。」

美園緩緩地抬起頭，對著正輕舔著腰骨內側的滋說道。

「三井先生……人家說身體契合難道就是這樣嗎？要是被這麼觸碰，我一定會變得奇怪，再也無法跟其他男人做愛了。」

滋沒有回答，畢竟他並沒有展現什麼特別的技巧，更還沒觸碰到乳房或是性器。他忍不住想要確認美園的狀態，便突然伸手探入大腿內側。

「討厭！很害羞所以我不要。」

美園用力地合起了雙腿。滋只能碰到大腿中段的部分。不過，就連那裡都已經溼成了一片。

「妳的反應很厲害呢。」

滋的聲音帶著些微笑意。美園猛地坐起身，抽了床邊的面紙後，慌忙地擦起了自己的下半身。她微慍地說道：

「這樣肯定有問題。我平常才不會這麼溼呢。要是跟不喜歡的人做時，甚至還會一直都溼不了。雖然我覺得三井先生不錯，但我們今天才第一次見面，根本不太了解對方，像這樣這麼有感覺，真的讓我覺得很害羞。」

美園的眼眶盈滿了淚水。她飛撲似地抱緊了滋，光是這麼做，就讓她不禁輕叫出聲。

「像這樣胸部相碰就有這種反應。好可怕，這樣我會沒辦法跟三井先生分開。」

被自己胸膛壓扁的美園乳房，觸感相當舒服又甜美。不管是被手腕環住的背部，還是相觸的大腿，碰觸美園身體的所有肌膚，全都不斷傳出快樂的訊號到大腦來。傳遞過來的情報過多，甚至都要引起恐慌了。美園望向了床單。

「那裡已經溼到有印子了。」

當滋想確認時，美園又說。

「不可以看。不用再做前戲了，來做吧。」

美園抱著滋直接倒入了床鋪；滋也像是緩緩沉沒的船一般倒進床鋪。他還沒觸碰美園的乳房或乳尖甚至是陰核。不過，美園卻張開了腿等待著滋。在黑暗之中，似乎飄盪著女人海洋的味道。方才擦過的大腿內側，又反射出溼潤的光芒。光是指尖相觸就這麼舒服了，若是兩人性器相接，又會發生什麼事？滋不禁感到恐怖，自己是否會像這女人所說的一樣，再也無法擁抱其他女人。

他的陰莖抵住了入口，雖然相當溼潤，但性器仍舊緊緻。他緩緩地將前端侵入其中，美園也張大了嘴叫道。

「啊！好奇怪。我……」

但滋的陰莖並沒有停下來，繼續緩緩進行著僅有十幾公分，卻沒有終點的旅程。美園虛軟地拍打著滋的肩膀。

「不要了……快住手……會變奇怪啦……」

陰莖似乎抵達了美園的身體深處，緊緊吸著陰莖的女性器內部，蠕動似地變換了形狀。美園的內部就像是配合著滋的陰莖形狀重新設計似的。滋忍不住快感而發出了喘息。

「現在這樣超舒服的，究竟是怎麼回事……」

美園似乎也有所感覺。

「嗯……裡面好像……有點變了。」

滋又更用力地送著自己的腰。陰莖圓滑的前端壓迫著子宮入口，陰核在兩人恥骨中央被壓得變形。

「不行……從剛剛我……就一直要高潮了……」

滋沒辦法移動自己的腰部。要是動了，感覺就會再也停不下來，更有可能立刻就射精。美園抬頭望向滋，眼白反射著淡淡的藍光。從她張開的嘴唇裡可以看見淫潤的舌頭與排列整齊的門牙。

「……我可以……去嗎……」

美園垂著眉如此請求著。滋與今天第一次見面的女人立刻就發生了關係，而且，還因此產生了超乎想像的強烈快感。就算他可以自由改變電影裡頭的故事，但人在現實生活裡，卻總是被偶然或命運擺弄。作者並不是神。滋為了不讓自己發出叫聲，先用力閉緊了嘴後說道。

「美園，就去吧。讓我看看妳高潮時的表情。」

「……好。」

美園從底下抱緊了滋，全身開始顫抖了起來。嘴裡好幾次都發出了難以辨認的聲音，不斷痙攣著。滋的心裡同時湧現了十分疼惜與恐怖的感情，自己是否真能放開以美園為名的肉體？在如此驚人的快感過後，一定不會再出現更好的事吧。眼淚從美園的眼角流下了床單。

「……我覺得好可怕……這樣、真的太奇怪了……要是不知道就好了。」

這晚剛相遇的女人哭泣著。但美園的身體裡還有著硬挺的陰莖，甚至還沒經歷一開始的抽插。在這過後，究竟會見到天國還是地獄，滋也無法知曉。越是思考，就越感到憂鬱。不過，他還是得移動在女人身體裡的陰莖。畢竟人類就是如此被創造的。

滋帶著祈禱的心情，緩緩在美園的身體裡頭動了起來。

白　日　夢

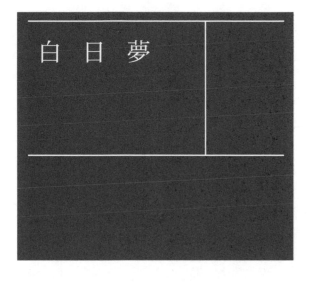

笠井英嗣這兩年來都是獨自入睡。即便望向身旁，也找不到妻子菜央美的身影。無論是枕頭、毛毯或是床單，都維持著菜央美生前使用的狀態。睡在雙人床左側的習慣也不曾改變。

他穿著睡衣躺到床上，雙手抬到頭後方茫然地想著。但他已經想過了無數次，早就知道了問題的答案。

（她在最後的時候有受苦嗎？）

菜央美駕駛的小客車受到砂石車追撞。那時，她的車正在首都高速公路塞車潮的最後頭。據說安全氣囊在追撞瞬間有正常打開。不過，要是一台車體九噸重加上車斗過載了十七噸的營建廢棄土的砂石車完全沒有減速地撞上來，安全氣囊就跟薄紙一樣毫無效果。在撞擊之後，英嗣與菜央美一起出錢購買的小客車就起火了。砂石車的駕駛只是個二十多歲的年輕人，據說他三天幾乎不眠不休地不斷往返東京與大阪。

根據負責解剖的法醫述說，菜央美直接的死因是在撞擊時胸部狠狠壓上方向盤，因此壓扁了她的心臟與肺部。由於整件事就發生在短短一瞬間，本人應該也不知道究竟發生了什麼事才對。初老的醫師沉默了一陣子後又開口說道，她絕對沒遇到被困在扭曲變形的車體內，因為無法動彈而被活活燒死這種悲慘的事。英嗣不知道該回些什麼，就只是點頭道了謝。

謝謝您。

即使如此，法醫的話也根本無法安慰他。在解剖前，英嗣已經看過了妻子的遺體。她的遺體皮肉已經燒得焦黑，手也因為熱度而扭曲成奇妙的姿勢。衣服全被燒盡，還殘有一些隆起的乳房，讓人勉強看得出這是女性。混和了人肉燒焦的味道與化學滅火劑刺鼻的臭味，英嗣應該到死都無法忘懷。

悲傷如灰燼一樣乾枯，就連淚水也流不出來。他唯一的想法就是她已經死了。妻子帶著一部分自己的心，前往了另一個世界。英嗣的胸口，實實在在地開了個洞。

（糟糕，要是再想著這些事，又會失眠了。）

他望向了床邊桌，相框裡裝著兩人一起到石垣島旅行的照片。照片的英嗣與還活著的菜央美在渡假飯店最高層的陽台上，以藍色青空與比天空更深的藍色海洋為背景留下了影像。兩人裸露的手臂交纏。英嗣從未忘記妻子溫暖的手臂。這張照片是用腳架加上自拍器拍下的。那時他們為了拍這張照不知道究竟挑戰了幾次。他們就像是普通的夫婦一樣，不只是悲傷的回憶，更有無數開心的回憶。英嗣並未發現自己臉上露出了微笑。

（這麼說來，在這陽台上……）

那是在拍下這張照片的深夜時分，英嗣與菜央美赤身裸體，墊著腳尖走到陽台，壓低聲音做愛。菜央美雙手握住欄杆，往後翹起了臀部。英嗣站著從後方與她結合。由於他們之前討論過差不多想要孩子了，便沒有戴保險套。他回想起妻子溼潤柔軟的內部包裹住陰莖時的觸感。雖然那時他射精在菜央美的內部，但感覺卻像是釋放在深藍色夜空與如鏡面一樣的夜晚海洋一般。說來奇怪，那感覺也像是透過女人的身體與天空及海洋連結。或許男人能夠與世界直接連結的方法，就真的只有這種。畢竟男人們的頭腦裡總是塞滿了無趣的觀念與沒用的知識。

英嗣的手伸進睡褲，穿過了四角褲的鬆緊帶，確認自己陰莖的狀況。硬度才只有一半。這兩年裡，他沒有擁抱其他女人。在寂寞或是瘋狂的時候，他總是自行處理。也不是出自對菜央美的愛，只是單純沒有那心情罷了。

英嗣一口氣將睡褲與四角褲拉到大腿中半段。房裡唯一的亮源就只有側邊檯燈的燈泡。他的陰莖無力地倒向左側。這麼說來，菜央美曾經一臉不可思議地握住陰莖說：

「大部分的男人都會歪向左邊，是因為老是用右手自慰的關係嗎？」

她這麼說道，接著立刻用口含住陰莖。英嗣到最後還是不知道她究竟有過多少參考對象。雖然英年早逝，但妻子並不是特別了不起的人，也不是少見的好妻子，只是個普通女人。有時性感，有時調皮，有時嚴謹。對英嗣來說，這些都是非常美好的特點。

他閉起眼，回想與妻子做愛的情況。男人的自慰非常奇妙，年輕時總是需要寫真集或成人影片這類直接刺激視覺的輔助。但是，越累積經驗成為大人後，光是視覺刺激已經不足夠了。回想自己過去的經驗或感覺，就成為了最棒的配菜。

對英嗣來說，最性感的影像就是菜央美迎向高潮時的表情。看來相當痛苦似地垂下眉，緊緊閉起雙眼；一旦高潮，所有緊張都瞬間消失，轉變成有些疲勞又完全放鬆的表情。那表情，無論看幾次都讓英嗣的內心高揚。由於菜央美有些下垂眼，她嚴肅的表情與放鬆的表情有著相當大的落差。或許就是這一點讓英嗣這麼喜歡吧。

（老公，我要去了……拜託你，我可以去嗎？）

英嗣在頭腦中的螢幕上，不斷播放著已不存在的妻子的高潮表情。

（當然好，我也要高潮了……一起去吧。）

他像與妻子做愛時一樣，在心裡回答著。英嗣加快右手的動作。男人的高潮只有一瞬間，當他睜開眼後，精液就無力地流垂在腹部。他抽了兩、三張面紙，擦了擦隨著年齡似乎逐漸稀薄的精液。今晚的工作也結束了，這麼一來應該就能順利入睡了。

他拉起睡褲，將被子蓋上身體。他又想起了兩人性愛的習慣。無論英嗣說了幾次一起高潮，總是徒勞無功。每次都是菜央美會先高潮。由於陰莖在射精前，會先在她的內部裡脹大。每到這時候，菜央美總是無法忍耐。

每次她都會滿懷歉意地笑著說，對不起我自己先去了。

（如果是性愛，無論妳先去幾次都沒關係。但怎麼有人會真的先離我而去呢？菜央美，妳是怎麼了。）

感覺到眼淚快要奪眶而出，英嗣抱著妻子的枕頭入睡了。

感覺到別人的氣息，他便睜開了眼。

天色還相當昏暗，時間大概還是半夜吧。英嗣看向床的左側，菜央美撐著臉頰，直直望了過來。微笑露出的門牙在夜裡顯得相當白皙。

「什麼嘛，怎麼不再多睡一點。久久沒看到你的睡臉了，我還想多看一點。」

真是美好的夢境。妻子身穿著他們一起買的 Ralph Lauren 睡衣。英嗣的是藍色條紋，菜央美是粉紅色的。如果是作夢就快點醒過來吧。他在心裡如此祈求後，開口向她搭話。

「妳怎麼一直都沒出現呢。」

他曾經也有過一段以為會夢見妻子，每晚都期待入睡的時間。但是，菜央美這兩年一次都沒在夢裡出現過。妻子伸手過來，輕撫了他的頭髮。

「對不起，英嗣。可是，我自己也不知道發生了什麼事。等我終於搞清楚後，這邊的世界已經過了兩年的時間。」

英嗣伸出了手，握住妻子貼在自己額頭上的手。不是被燒得像木炭一樣的，而是充滿彈力的肌膚觸感。人類頭腦的力量還真是優秀，竟然連這種微妙的感覺也能完美重現。

「就算只是作夢，但妳能來真是太好了。」

菜央美咧嘴一笑，這是她想惡作劇時常會浮現的表情。

「老公，你真的以為這只是作夢嗎？」

他還來不及回答，菜央美就側身上床，抱住英嗣後吻上了他的嘴唇。舌頭尖端翹開了英嗣的雙唇，探入了他的嘴裡。舌頭相觸的感覺就像是摩擦火柴的瞬間。在相觸的瞬間麻痺，唾液也跟著溢出。菜央美在他的嘴裡大為肆虐過後，分開了唇瓣。

「呼，真是舒服……你現在還認為這是作夢嗎？」

英嗣猶豫了起來。剛剛那吻比起至今做過得任何夢都要來得鮮明且真實。但是，也沒有不是夢境的證據啊。妻子的手伸了過來，開始解開英嗣睡衣的鈕扣。

「無論是夢境，或是另一個現實都好。我們來做吧。」

在昏暗的寢室裡，菜央美的眼睛還是閃著溼潤的光芒。她脫掉英嗣的睡衣後，自己也像是要脫去著火的衣服似地，飛快地脫掉了上下兩件粉色睡衣。內褲是英嗣曾看過的純蕾絲內褲，她的體毛在兩層刺繡上如煙霧般淡淡地透了出來。菜央美害羞地笑了。

「我很猶豫要穿哪件，太誇張的感覺好像會打壞形象。」

她退開棉被，伸手碰上了英嗣的睡褲，流暢地拉下來後，再將臉湊上了四角褲。就像是在深呼吸似的，她的臉頰碰觸了還維持柔軟的陰莖。

「啊！是那個味道。英嗣，你睡覺前有自慰過吧？」

到了這時候，英嗣也感到越來越不安。就夢境而言，感覺也太真實了。不只是視覺，就連觸覺、聽覺、嗅覺都很真實。菜央美的身體上，也確實飄散出女人的香氣。而且，最不可思議的就是兩人的對話竟然如此自然。一般來說，夢境應該是更毫無邏輯，會隨著感情而變換場面的事物吧？菜央美摸上英嗣的格紋四角褲，並拉到膝蓋附近。她握著稍微增加硬度的陰莖後，笑了出聲。

「好久沒做了，怎麼還這麼沒氣氛呢？你看，這裡竟然還粘著面紙。」

她輕輕舔了陰莖內側後，用手指從舌尖捏了一段捲成細線狀的面紙。這難道不是作夢，而是現實嗎？英嗣坐起了身。

「菜央美，妳真的回來了嗎？」

菜央美輕瞄了慌張的丈夫一眼，開口道。

「所以我從剛剛不就這麼說了？」

隨後她大張開口，將英嗣因驚訝而癱軟的陰莖含入嘴裡。英嗣緊緊抱住自己腹部上的妻子腦袋，那圓圓的頭蓋骨跟觸感正與記憶中的一模一樣。

「菜央美……」

他無法繼續說完整句話，淚水又再次浮現眼眶。即使如此，他的陰莖前端還是能感受到女人舌頭的動作。不僅是高興又悲傷，甚至還有舒服的感受，都讓他混亂不已。

「那裡之後再做就好，讓我看看妳的臉。」

英嗣抱起了菜央美的身子。在自己大張的雙腿中間，過世的妻子縮起身子正坐著。菜央美似乎也是邊哭邊舔著英嗣，雙眼通紅。

「對不起，突然發生了那種事。」

他用雙手包住了妻子的臉龐。所謂的活著，或許正是如此。人的表情沒有任何一瞬間靜止不動，跟照片不同，會隨著感情變化自在地改變。菜央美的表情生動地變化著。她一邊哭著，一邊用手擦拭自己被唾液濡溼的嘴脣。即使是作夢，缺乏想像力的自己也無法做出如此真實的形象。英嗣使勁全力地抱緊了菜央美的身體。

「沒關係。無論是菜央美，或是我都沒有錯。光是妳像這樣來見我就夠了。光是偶爾能見面，我就很高興了。現在都快哭了，妳還會來看我吧？」

由於兩人的雙頰緊緊相觸，妻子的聲音不是從耳朵，而是透過骨頭振動傳了過來。

「真愛逞強，不是都哭了嗎？不過，我也不知道之後什麼時候能再來見面。如果那些繁多的條件沒有全部達成，我是不能回來這裡的。光是今晚這樣就花了兩年時間，說不定下次就得是十年後了。對不起，英嗣。」

英嗣無法順利回話，只是大哭出聲。他想像獨自在這床上睡十年的感覺，內心不禁感到挫折。

「妳別這麼說，一定要再來見我。我不會要妳每天都來，就算只有一個月一次也好。」

菜央美溫柔地輕撫著英嗣的背。

「對不起。可是，這是我無法控制的事。我們兩人的時間非常珍貴，別再說這種話了。得再繼續做完才行。」

菜央美坐在英嗣的雙腿之間，再次含住了英嗣的陰莖。她刻意發出聲音，動作激烈地吸吮著。

「就算去了那個世界，也還會有性慾啊？」

妻子鬆開口後說道：

「當然有啊。只不過被砂石車撞到，女人的心也不會被壓扁呀。英嗣你不是一直想著我自慰嗎？你的心情，我全都感覺得到。好了，現在專心在我身上吧。」

在那之後，英嗣閉起了嘴，將注意力聚焦在自己的快樂上。

英嗣知道菜央美一邊激烈地上下擺動頭部，一邊哭泣著。一旦內心湧現珍愛的情緒，英嗣便再也忍不住了。

「跟我交換，最後我想在菜央美的裡面高潮。這次換我讓妳舒服。」

他坐起了上半身，望向下方的裸體。女人的身體是一個國家。有山、有谷，還有森林與水泉，以及徐緩的山丘與寬廣的平原。無論怎麼探索都不會膩煩，所有一切看來都如此渾圓，但卻沒有任何一處是相同的曲線。是座無法讓人完全探索的美麗王國。

「原來菜央美的身體這麼美啊。」

他用舌頭舔過一片片指甲，唇瓣更吻上她臉龐所有的部位。英嗣用手指與舌頭，將菜央美的身體上下表裡，全都做了記號。他從未如此熱切的品嚐過女性的身體，更沒有如此集中精神過。他要在今晚一次使盡今後十年的力氣。

「快來吧，拜託。」

他點頭，調整了腰的位置。

「菜央美，妳要一直看著我的眼睛。我會慢慢進去的。」

溼潤的睫毛苦悶地眨了一下，菜央美望向英嗣。英嗣回望她淚汪汪的眼眸，緩緩地將陰莖送入。

「快點給我。」

英嗣咧嘴笑了。

「不行。我都等了兩年，不用這麼急吧。」

菜央美雙手扶上丈夫的腰身，打算將他拉近；但英嗣故意用力，不打算讓她輕易如願。

「我想慢慢地享受菜央美。」

越是粗暴地抽插，陰莖的感覺就會變得遲鈍。若是想要確實感受，就越不能粗魯。英嗣花了幾分鐘才到達了菜央美的深處。兩人的恥骨相互觸碰。

「哇！這樣好舒服！」

兩人視線直直交會，菜央美喊叫出聲。

「為什麼都死掉了，還這麼有感覺呢？」

看著如此大剌剌的妻子，英嗣笑了出來。

「不過即使死掉，一定也不會改變我們的契合度。男女真是神奇的生物。」

菜央美伸長了脖子親吻英嗣；更在英嗣嘴裡說道。

「拜託你……快動。」

英嗣緩緩地在菜央美的身體裡前後動了起來。即便好幾次改變了動作，卻還是繼續移動著。兩人相連的身體就像是在對話一樣。菜央美已經高潮了好幾次，但英嗣卻是拚命努力著。菜央美咬著脣，對著毫不停止動作的丈夫說：

「好了，你也可以高潮了。」

數道汗水從英嗣的脖子流到了胸口，他反抗似地左右搖著頭。

「不要，要是我高潮了，這場性愛就會結束。我想一直跟菜央美保持這樣。要是今晚結束了，下次也不知道到底會是幾年後啊。我不想要結束。」

英嗣知道自己這麼說時，淚水也隨之浮現。邊哭著擺動腰肢的模樣，被他人看到應該會覺得很滑稽吧。但是，人這種生物不正是如此嗎？受激情影響吐出愚蠢的台詞，以滑稽醜陋的模樣相連，交換些許的體液後，便產生無法取代的生命。性愛之所以無聊，就等於人類的未來無聊。菜央美的指尖擦去了丈夫額頭的汗水。

「不用勉強自己，已經很夠了。」

「我沒有勉強。就是因為想跟妳做愛，我才會這麼做。」

菜央美微笑著，注視著如孩子般逞強的丈夫。

「既然如此，我就惡作劇一下吧。要是這麼做了，之後你一定會生氣。我想，你應該會身體不舒服一個星期。」

「這什麼意思？菜央美已經會施奇怪的魔法了嗎？」

菜央美笑著說道。

「雖然有許多事再也辦不到了，但也學會了一些新招喔。額頭借我一下。」

英嗣一頭霧水地停下了腰部的動作。

「別想了，把頭低下來，額頭借給我。」

英嗣照辦後，菜央美便將自己的額頭貼了上來。從滿布著汗水的肌膚傳來了溫暖的體溫。英嗣回想起小時候母親也曾這樣替自己量過體溫。當兩人額頭分開，菜央美說道。

「現在你跟我已經相連在一起了，等一下下。」

英嗣完全不懂她做了什麼，這些動作又代表著什麼意思。但過了一下子，他陰莖底部深處浮現了微妙的感觸；就像是內臟被頂上來的感覺，但絕不會讓人感到不舒服。這份充實又滿足的感覺究竟代表什麼？

「原來我的裡面是這種感覺啊。覺得很溫暖，很舒服呢。」

英嗣慌張了起來。

「菜央美，妳究竟做了什麼？」

「我對你的內心動了手腳，將我們兩人的感覺相混合；我可以感覺到你的感受，你也可以感覺到我的感受。好了，快動吧。我們來場一輩子再也無法忘懷的性愛吧。」

當英嗣往深處送入自己的陰莖後，自己腹部也滿滿地被充實了。往前推進能感到充實，往後退出則會感到空虛。無論在哪一個動作的瞬間，都充滿了滿足與被滿足的快感。這麼一來，無論多想咬牙忍耐，都無法忍住。

「你看，我也這麼有感覺喔。英嗣，盡量來吧。」

英嗣沒有停下腰部的動作，他知道自己很快就要達到高潮。同時，他也能感覺到自己腹部裡的陰莖脹大，增加了硬度。

（菜央美指的就是這意思嗎？）

就像是內臟裡產生了太陽似地。英嗣比想像得還要早吐出所有精液，他感覺到肚子裡射出小小的熱塊。他無法阻止自己口中發出聲音，更不知道自己是以男人的身分高潮，還是以女人的身分高潮。他癱了下來，抱緊妻子的身體。暫時只能粗喘地吐氣。

等到他終於恢復後，才發現菜央美一直都輕撫著他滿是汗水的背。

「好棒喔。這是我們第一次兩人一起高潮。」

菜央美抱緊了英嗣的頭，力氣大得讓他連呼吸都感覺痛苦。

「或許真的如你說的一樣，無論多麼美好的性愛，總是會結束的。雖然很舒服，但也好寂寞。」

英嗣坐起身來，癱軟的陰莖差點就要滑了出來。

「被妳這麼做後，感覺快要上癮了。感覺天國或許是個色情的地方呢。」

菜央美笑著，雙手抱著英嗣的臉頰。

「是啊，雖然是個寂寞的地方，但也不差。那麼，接下來我要說重點囉。」

重點？在這麼美好的性愛之後，還有什麼重點嗎？

「看著我的眼睛，好好聽我說話。」

在蓬亂的頭髮中央，菜央美的眼神散發著光芒。分明沒有其他照明，女人的眼神是怎麼在這間昏暗的寢室裡發光？妻子輕撫著英嗣的臉頰說道。

「這兩年我一直看著你。你一直都是一個人，也不跟其他女人交往。」

她看到自己那麼窩囊的模樣了？如果看到的人是菜央美，那也滿令人高興。

「是啊，總覺得沒那種心情。」

「不過，這樣不行喔。還活著的人，不好好活著怎麼可以。我希望英嗣可以跟其他女人交往。」

「就算妳這麼說……」

妻子的食指堵住了嘴脣，英嗣便伸出舌頭，舔著菜央美的指尖。

「不要找理由了。你要是一個人孤零零的，我也不會幸福。我要你跟女人好好交往，好好戀愛。然後再結婚，讓那個人代替我完成我無法辦到的事。」

他再也忍不住了。淚水從英嗣的眼裡落下，滴到柔軟的乳房上。菜央美拭去水滴後，舔了英嗣的淚水。

「英嗣的孩子一定會很任性又活潑。成績可能不會很好。可是，一定是個誠實的乖孩子。我會使盡全力保護他不會遇到危險。就算賭上我在那世界的生命，我也會保護英嗣的新家人。」

菜央美哭泣著，淚水從眼角流往耳朵。英嗣則將嘴湊向眼角，直接喝下了她的淚水。

「好吧。我知道了，別哭了。」

英嗣與菜央美都說不出話來，他們抱住了對方，大聲哭著。不知道過了多久的時間，窗框的形狀將窗簾淡淡染上藍色。菜央美將頭靠著英嗣的胸口，望向窗戶。

「早晨還真是不會看氣氛呢。我該走了。不過，我原本還想再做一次的說。」

英嗣乾笑著。

「妳也知道我一晚只能做一次吧？」

「嗯。不過還有其他特殊的恢復方法。來吧，閉上眼睛。我不想讓你看到我消失的樣子。你立刻就會想睡了，不用擔心。」

英嗣最後抱緊了菜央美，閉起了眼睛。

「忘了我吧。不過，不可以跟比我更美的人交往喔。我很期待見到你的孩子。」

他能感覺到兩人的脣瓣相觸。雙人床另一邊的氣息突然消失了。就跟菜央美說的一模一樣。他分明還想更享受這夜晚，卻被強烈的睡魔襲擊了。

（就算是十年後也無所謂，要再見喔，菜央美。）

英嗣在心裡這麼悄聲說道，就落入了連夢境都無法侵入的甜美睡眠。

落葉焚

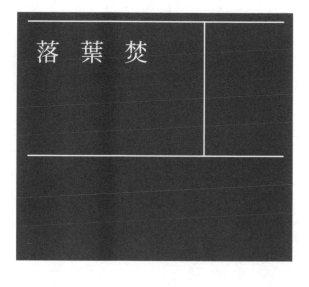

福井哲也沒有什麼好怕的。

在歷史悠久的西式點心製造商工作三十四年，再過四年他就可以退休了。雖然有段時間他也想當上董事，但在三十多歲時跟上司大吵一架後，就失去了晉升的機會。那位上司現在則是行銷專務。到了現在，哲也還是認為二十多年前那場爭執，自己依舊沒有錯。專務肯定也這麼認為吧。雖然這裡算不是什麼大公司，但在那之後他也沒跟專務說過話了。

哲也現在的職務是廣告部門的資深顧問，不是課長、部長這類有「長」的職務。公司為了脫離了升遷軌道且滿五十歲的社員貼上了顧問這種閒人的標籤。

公司位於淺草橋，是棟沿著隅田川建造的十三樓高的大樓，從廣告部的窗戶可以看到河面反射出冬日的天空，宛如融化的鉛一樣緩緩流動，還有首都高速公路如河流般的塞車車流。當哲也呆愣著眺望晴朗的天空時，聽見了中野部長的聲音。部長比哲也還要年輕七歲。

「喂！二宮，海治巧克力公開募集的文案進度如何？」

那巧克力是明年即將迎向發售五十週年的公司主力商品。海治巧克力的半世界週年紀念，是預算不多的廣告部目前最盛大的活動。

二宮夏水是廣告部的 OL，年紀大概是二十多歲左右。由於哲也對年輕女性沒什麼興趣，不太了解部門裡女性的年齡。雖然她算不上超級美女，卻有著可以平衡職場空氣的柔和氣質。所謂的療癒系，或許就是她這種類型吧。夏水伸直了背，站在部長的桌前。

從哲也的桌前可以觀察到夏水身體的側面線條。雖然是位五官不差的的氣質美女，但制服胸部跟腰線卻緊繃到讓人懷疑是不是尺寸太小。深藍色的背心跟膝上裙也有著深深的橫線皺摺。

雖然年輕時哲也光是看到布上皺摺的影子就能興奮，但現在的他卻只會產生冷靜的觀察心情。雖然跟諒子結婚超過三十年，但後半十五年都過著無性生活。就跟哲也的公司生活一樣，他身為男人的生活也已經結束了。雖然跟妻子沒有性生活的前幾個月時，他曾經感到焦急，但過了一陣子就覺得跟性愛相關的一切都太過麻煩了。特地去其他地方找女人，或是在家裡一直說謊，對哲也來說都是壓力。他不覺得性愛的魅力有強烈到必須在外頭跟特定女性交往。

陰莖變得久久才硬挺一次，對哲也來說也是種不錯的生活。年輕時為了受異性歡迎而逞強的過去反而像是謊言一樣。若是將從慾望解放的境界稱呼為開悟，那麼哲也或許就是花了十五年才從性愛開悟。

「受不了，妳到底要拖多久啊？過年後的第一週就是第一次選拔了。妳說還沒開始整理是什麼意思？」

中野部長是個能幹的男人，但有個缺點是一生氣就會嘮叨個不停。夏水縮著背，忍耐著部長的斥責。

「不好意思，可是一開始我們預測只會有一千到二千封左右的投稿，但現在數量已經超過四千，快要到五千封了。」

文案大賽的大獎獎金是三百萬，二獎是一百萬，三獎有五名各三十萬。在這不景氣的時候，也難怪大眾會狂寄明信片來了。

「這是我們公司的主力商品。應該要為了消費者的反應踴躍超過預期高興才對，不該拿來作為工作落後的藉口吧？」

「是，真的很抱歉。」

夏水低下頭，雙手在身前交握，一臉快哭的表情。今天是一年一度的尾牙，要是部門裡的空氣繼續這樣沉悶就糟了。

「部長，只讓二宮小姐一個人負責輸入募集者的個人情報跟整理資料，實在負擔太重了。同樣身為組員的我卻沒能幫忙，真的非常抱歉。」

哲也之所以這麼開口，並不是因為夏水看起來很可憐，只是不想再聽年輕部長繼續嘮叨罷了。他坐在桌前，特地長時間低頭道歉。這位部長還在行銷部門時，一開始輔助他的主管就是哲也。中野部長舉起手說道。

「不是啦，讓福井顧問道歉也不是辦法。那可以請手邊有空的人一起幫忙，在過年前將所有投稿者的資料整理完成，知道了嗎？」

「是！」

只見夏水用力地低下了頭。中野部長也回頭讀起新的雜誌廣告企劃書。夏水在離開部長的桌前時，只用了視線向哲也道謝。但哲也已經對女人這種生物喪失興趣，直接無視可以當自己女兒的年輕女人，繼續自己的工作。

尾牙是在下午六點，辦在淺草仲見世的天婦羅店。

在榻榻米的包廂裡，十七位廣告部員難得全聚在一起。哲也的公司裡，年輕社員也已經不會再跟前輩一起喝酒了。若是邀女社員就是性騷擾；邀男社員就是權力霸凌。整個社會真是變得無聊又麻煩，就連一年一次的尾牙也必須由公司特別規定才會出席。

哲也就像個顧問一樣，在包廂角落安靜地喝酒。他不打算主動找其他人搭話。離退休還剩一次奧運的時間，但他卻覺得這四年相當漫長。

「您喝啤酒嗎？」

哲也抬起低著的頭，發現說話的人是夏水。

「我會自己倒的，不用麻煩。」

當他伸手打算拿冒汗的啤酒瓶時，年輕的 OL 則用兩手抱在胸前，不將啤酒瓶遞過來。

「不可以，今天請讓我倒酒。」

哲也看向周圍。整個包廂裡氣氛相當熱鬧。還有好幾個部員搖搖晃晃地起身離開自己的位置。

「要是說這種話，小心等等得替所有男人倒酒喔。」

夏水似乎已經喝醉了，圓潤的臉頰內側染上了紅色。年輕人就連眼睛都炯炯有神，雙眼就像是剛點過眼藥水似地，閃著溼潤的光芒。

「我絕對不會這麼做，我只想幫福井先生倒酒。」

她究竟在說什麼傻話。自己已經十五年沒有擁抱過女人，甚至根本稱不上男人了。額頭不僅變成年輕時候的兩倍寬，肚子也跑了出來，胸部的肌肉還下垂。年齡就是重力的影響，所有的部位都會弛緩，毫無張力地下垂。當他發愣地思考著年老這個問題時，夏水便硬是替他倒了啤酒。

「福井先生，您為什麼在笑呀？」

真是意外。

「我剛剛有笑嗎？」

「是呀，剛剛稍微笑了一下喔。我做了什麼奇怪的事嗎？」

哲也不禁苦笑。只要不抱期望，即便年齡增長也不是什麼壞事。五十歲男人的身體很醜陋，這又如何？又不是要讓其他人看到，不管肉怎麼下垂也無所謂。杳無人跡的森林裡有樹木倒塌，會發出聲音嗎？哲也不禁想起這個古典的問題。若是沒有人聆聽，聲音就不存在。就跟那問題是一樣道理。

「看吧，你又笑了。我果然有哪裡奇怪吧？」

「二宮妳一點也不奇怪，我只是在笑自己。」

夏水的眼神散發出光芒。

「福井先生覺得自己哪裡好笑呢？」

年輕女人能夠理解年齡增長的愚蠢嗎？原本他打算找其他話題混淆過去，但要思考其他話題也很麻煩。反正他也沒有必要讓這位女性社員對自己抱有好意。

「年紀一長，頭髮就會變少，肚子跑出來，眼睛模糊。什麼事都會立刻忘記，根本記不起新的事情。分明每天都想盡辦法拚命活下去，但每當生日一到，辦不到的事又變多了。這麼一說，我的人生還真是不斷落敗的下坡。」

夏水抱著啤酒瓶，露出嚴肅的表情。

「這個……很有趣嗎？」

哲也喝了半杯已經不冰的啤酒。

「是啊，真的很有趣。只是漠然地活著，注視著逐漸報廢的自己跟整個世界。這件事實在有趣到讓人難以回答呀。」

「您真的很泰然呢。」

又是這麼令人意外的反應。自己根本一點也不泰然。

「我才沒有。只是因為掙扎也沒用，只好嘲笑自己罷了。」

「就算是女人，也有這種下坡喔。」

就哲也看來，分明正處青春年華的夏水竟會說出這種話。

「一看到新社員，就會覺得『啊，自己也老了』。我都已經二十六了，四捨五入就是三十歲了。根本贏不過二十一、二歲女孩的肌膚彈性。可是，我可沒辦法這樣嘲笑自己呢。」

夏水露出一臉寂寞的模樣。兩人正好相差了三十歲。雖然哲也沒有孩子，難以想像，但她年齡的確可以當自己女兒了。

這時，關口尚弘拿著燒酒的瓶子朝這邊走來，他一頭褐髮戴著耳環，臉頰上的鬍子像是抹過泥巴一樣。他是物流大公司的次男，靠著關係進入公司。加上他又向父親要賴非廣告部不可，才會被分配過來。不過，他是個對工作有著出乎意料的熱情又有趣的男人。夏水一看到關口，便低聲快速說道。

「我今晚還想跟福井先生多聊點。那等等見了。」

就算說要等等見，但只要再過三十分鐘尾牙就結束了。究竟要怎麼樣才能再見？這時，關口將燒酒瓶像是火把一樣高高舉起。

「福井顧問，我們來喝一杯吧。我真的很欣賞福井顧問不在乎升遷跟部門氣氛的個性喔。」

哲也不過是沒跟上升遷的隊伍，只好斜眼俯瞰著一切罷了。難道對年輕人來說，這很有趣嗎？哲也舉起杯子，斟了一杯燒酒。夏水回到自己的位子，一臉認真地思考著。一發現哲也的視線，她便瞬間露出笑容，又接著跟身旁的女性社員聊了起來。

仲見世的夜晚結束得很早。

一到九點，幾乎所有的商店都關門，四周成了明亮的鐵門街道。在貼了磁磚的拱廊下，廣告部的社員就像是阿米巴原蟲一樣四散著。年輕社員一臉想避開麻煩的模樣，打算在被拉去第二攤之前速速回家。有幾位女性社員更直接朝著地下鐵車站前進。

夏水靠了過來，開朗地說道。

「福井先生也要回去吧？我們一起走到車站吧？也可以順便討論文案大賽的事。」

她完全沒聽哲也回覆，就走進了商店街。哲也無奈只好追了上去，在轉進兩次巷子後，就與其他社員走散了。

「車站不是在那邊吧？」

夏水環顧四周確認後，握起了哲也的手。笑得像是惡作劇的孩子一般。

「我好久沒這麼做了，心臟跳得好快。福井先生，你知道這附近有什麼可以安靜喝酒的店嗎？」

為什麼自己會被年輕女人拉住手呢？哲也完全搞不清楚現在是什麼狀況。他的心裡半分愉悅，半分困惑。

「在淺草要是遇到同事就糟了，我們換個地方吧。」

喝醉的夏水大聲地回答，音量幾乎能穿透拱廊的屋頂。

「贊成。今天就不醉不歸吧。」

計程車停在上野的池之端。哲也帶夏水前往的是沿著不忍池畔建立的商務旅館。最上層的酒吧可以眺望夜晚的動物園與滿布枯蓮的池面。他選了窗邊的吧檯，點了蘇格蘭威士忌的 on the rock。夏水則告知調酒師也要一樣的。

「哦！真沒想到上野也有這麼棒的酒吧。福井先生真是深藏不露。」

「不是要談公事？」

「看吧，就是這樣子。感覺很像《骷髏13》。都來氣氛這麼好的酒吧了，怎麼可能會談公事呢？」

兩人用送過來的on the rock乾了杯。平常這時間是他在家裡聽音樂，或是看電影的放鬆時間。沒有孩子的夫妻就算居住在狹小的公寓裡，也有著各自的房間。兩人的重心都在興趣上。年輕女人的華麗氣氛與熱度對哲也來說實在有些耀眼，讓他難以冷靜。

「今天您在部長責罵時出手幫忙我了吧，這已經是今年第三次了。」

哲也完全沒發現，原來他已經幫了夏水那麼多次了。

「第一次是關口在接待中盤商時喝多發酒瘋時；第二次是山岡因為企劃書出錯哭泣時。然後，第三次就是我。」

他很想告訴她，除了在部下犯錯時幫忙說話以外，他已經沒有別的工作可做了。被擠出升遷隊伍的人，已經不會再從事其他重要的工作了。

「福井先生，你知道嗎？我們部門裡的年輕人都覺得比起中野先生，如果福井先生是部長就好了。我也是這麼認為的。」

坐在吧檯旁的夏水這麼說後，突然將頭靠上了哲也的肩膀。洗髮精的香味與年輕女性特有的香甜汗味傳了過來。她放在哲也西裝褲大腿上的手也冷得奇妙。

年輕時若是遇到這種情況，陰莖肯定會硬到不得了。不過，畢竟已經十五年都沒用過了，哲也的男性只是毫無自信地低垂著。

憑著一股氣勢，兩人牽著手走在路上。

他年輕時常來湯島的飯店街；從池之端走到湯島只不過短短幾分鐘。握著年輕女人富有彈性的手走路，令人單純感到開心。不過，哲也的腦海充滿了不安。

（或許一輩子再也沒有這種機會了。）

同時，他也冷靜地勸戒自己。

（要是這次失敗，就一輩子都跟性愛無緣了。）

當然，他也可以想像職場外遇會產生的問題。不過，哲也的工作生命已經沒有什麼可以失去的了。雖然他不想傷害婚前的女性，但夏水看來似乎想被傷害。

兩人跌跌撞撞似地進入了一間和風飯店，房間構造非常古老，佈置著枯山水。寢室是榻榻米，棉被鋪在床墊上頭。坐在床鋪上往旁邊一看，便發現腰壁板上貼了鏡子。

「感覺很有昭和復古感呢。」

哲也帶著自暴自棄的心情，究竟辦不辦得到，不試試看也不知道。他拉住夏水的手，吻了她。一開始只是輕吻，接著越來越濃烈。舌頭愛撫到的年輕女人舌頭相當柔軟。

過了一會，夏水拉開距離說了。

「我先去沖澡。」

「好。」

即使哲也下意識地回答了，內心依舊充滿了焦躁。他握了對方的手，抱了肩，更舌頭交纏地接吻。但他的陰莖卻完全沒有出現春天的徵兆，就跟十二月的空氣一樣，到了這時候還是相當冰冷。

哲也在浴室裡沖著熱水，拚命地想讓陰莖復活。他記得曾在某個地方讀過性機能就跟肌肉一樣，若是不用就會逐漸退化。十五年的休眠期似乎讓陰莖深深怠惰了。他放棄了，重新穿起四角褲將陰莖隱藏起來後，走出了浴室。寢室照明相當明亮，而夏水已經窩進了棉被裡。

「福井先生，我已經半年沒做過了。雖然很擔心不知道能不能順利，但還是要麻煩您了。」

她將自己原本想說的台詞說了出口。

「可以關燈嗎？總覺得，不是很想讓人看到我這老人鬆弛的身體。」

夏水從床上跳起身來，隨意操作了枕邊的開關。賓館的寢室突然像是白天一樣明亮，再變得通紅，最後照明全部消失，只留下了緊急照明燈。

哲也緩緩地靠近床鋪，而夏水也掀起棉被，等著他靠近。當他滑入被子後，兩人的大腿也隨之相觸，不過夏水一點也不感到厭惡，反而將身體壓了過來。原來人的身體竟然這麼炙熱。哲也的心裡閃過如雷般的震撼。他這十五年的生活竟然忘記了這種感覺。不過，他現在之所以比起興奮更覺得感動，或許是因為他的陰莖還在沉睡。

兩人互相擁抱，脣瓣相疊，雙腿也交纏在一起。夏水還穿著內衣。據稱外國品牌的內衣扣環相當難解開，哲也在中途就放棄了。從夏水自己解開的內衣下頭露出的胸部不僅渾圓豐滿，更充滿了彈性。男人真是奇怪的生物，光是觸摸到那對乳房，就覺得充滿了不知何來的成就感。

哲也的手花了大把的時間，在夏水的身體上繞著遠路。年輕女性有著非常美妙的肉體，但他卻無法直接觸摸核心部位。由於哲也自己尚未做好準備，實在難以直接觸碰夏水的性器。

「福井先生，好棒喔。果然成熟的男人就是這麼溫柔又有餘裕呢。」

即使對方輕喘著這麼說，也讓哲也開心不起來。他試著觸碰四角褲裡的陰莖，雖然依舊癱軟，但前端卻已經溼答答的，讓人不禁懷疑是否已經射精過了。

哲也的手指與舌頭不斷在她的身體正面與背面往返，但夏水似乎已經按耐不住了；她主動脫下了內褲，抱住了哲也的胸膛。

「拜託你，快點、給我吧。」

夏水的手伸向了四角褲。

「先等一下，我還有點……」

火熱的指尖探入了半溼的四角褲裡，握住了柔軟的陰莖。

哲也舉旗投降。完全沒有任何一絲氣勢，只見他仰躺在床上，老實地說道。

「剛才妳說半年沒做了吧？但我在這十五年裡也從來沒做愛過。跟妻子已經沒有性生活，也覺得自己應該一輩子不會再做愛了。現在那裡似乎也完全派不上用場。」

夏水將頭枕在哲也的胸膛，靜靜聽他說話，手則是溫柔地握著陰莖。

「剛才在酒吧裡，我的心裡也是焦急得不得了，不斷擔心著自己究竟辦不辦得到。畢竟我以為自己早已經從性愛畢業了。」

一旦說出口，就覺得不是什麼嚴重的話題。只是陰莖究竟硬不硬得起來的問題罷了。哲也仰望著帶有細木條裝飾的格狀天花板。一旦誠實說出辦不到後，竟會感到如此輕鬆。他不用再勉強自己拚命愛撫對方來爭取時間了。

「果然福井先生很有勇氣呢。」

哲也沉默了。若是美麗的誤會，那就隨便她吧。

「我的前男友在工作忙的時候也曾經硬不起來。後來他拜託我，我就用嘴一直幫他舔到下巴都痛了，但最後還是硬不起來。他不像福井先生會老實說站不起來，反而只是背對我哭了。」

哲也心想，二十多歲的男人陽痿，與照夏水的說法，四捨五入後已是六十歲的男人陽痿可有著很大的差別。不過，他還是一句話也不說地愛撫著夏水彈性飽滿的背部。他可以感覺得到自己的指尖相當歡喜，更不覺得夏水的肌膚會劣於二十歲的新社員。

「我可以試試看嗎？」

夏水害羞地笑了後，便躲入了被子裡頭。她的手拉住了四角褲的腰身，哲也更抬起腰幫忙。夏水溼潤的指尖在他的前端畫著圓圈。

「哇，原來這種地方也會長白頭髮呀。」

夏水從被子裡探出頭笑了。

她換了口氣，便將柔軟的陰莖全都收進了嘴裡。她的舌頭到喉頭就像是要喝東西一樣上下蠕動。這時，哲也的心裡已經沒有非得站起來不可的意思了。隔了十五年，光是現在這樣已經夠好了。他體貼地向夏水搭話。

「二宮，謝謝妳。真的很舒服。」

就在這時，陰莖內側閃過了像是東西裂開時的快感，讓哲也不禁挺出腰身。夏水似乎也察覺到這份快感，舌頭便刻意用力集中刺激同個部位。哲也的陰莖在年輕女人的口中，終於覺醒了。緩緩地膨脹充實，填滿了夏水的嘴。

他從沒想過光只是勃起，竟然會是如此令人驕傲的行為。夏水正坐在他張開的雙腿中間，不斷地擺動頭部。當她握著陰莖底部，鬆開嘴脣後，整張臉也已經漲得通紅。

「真是驚訝。」

「福井先生，看來您還很年輕嘛。」

她突然跨上了哲也的身體。夏水的性器內部比口腔黏膜更加炙熱，更加充實。哲也從下頭支撐著在空中搖晃的乳房，更配合夏水的上下動作，從下方頂送著腰身。性愛就像是腳踏車一樣，即使以為全都忘記了，但實際嘗試後又自然會了。

哲也不僅是享受快感，更埋頭於喜悅之中。為什麼自己會認為性愛不過是在浪費人生，就這麼虛度了十五年？性愛包含著生命的豐富與足以跨越社會規制的刺激感。他竟然放開了這兩者，過著看破紅塵開悟的生活，那樣究竟有什麼樂趣？看來夏水已經迎向了一次高潮，她倒向哲也，熱情地親吻著他。哲也用舌頭回應後，開口說道。

「我還以為絕對辦不到了。二宮，謝謝妳。」

年輕女人就像是耍賴的孩子一樣搖頭。

「別再這樣叫我了，叫我夏水就好。」

「那好吧，夏水。」

哲也感覺自己在上班生活最後數年，收穫了出乎意料的果實。他緊緊地抱住尚未熟悉的年輕女人身體。今晚光是能夠相繫就已經很足夠了。哲也坐起身來，懷抱著感謝的心情輕輕地吻上夏水淺色的乳頭。

最後一滴

分手的契機並不是因為友樹調職。

這半年左右，高野友樹與中川枝里子之間早已飄盪著冷淡的空氣。或許對交往兩年的情侶來說，這才是正常情況。枝里子沿著地下鐵銀座線的樓梯往地上前進，心境開闊地想著這件事。在要求最後一次約會時，為什麼會感到悲傷同時也感到爽快呢。

銀座線的淺草站建築相當老舊，站內昏暗，讓人感覺有些骯髒。

（或許再也不會來這座車站了。）

這麼一想，她便突然對眼前骯髒的地下道感傷了起來，真是不可思議。對出生於東京西部的枝里子來說，淺草是她不熟悉的街道。在與友樹交往之前，她對這裡的印象就只有在電視直播看到的隅田川煙火大會。

友樹出生於仙台市內（但似乎也是相當鄉下的地方），為了找工作來到東京時，特意尋找了有著古早東京風格的地方。最後他選擇了向島，不只是房間便宜，更因為喜歡街道的氣氛。兩人開始交往之後，也因此時常選在淺草約會。

（在那之後已經過了兩年。）

出了地面後，她順著人流往淺草寺雷門方向前進。春天黃昏的空氣柔和，溫和地推著她的背後前進。新買的碎花雪紡裙輕柔地包裹著她的腳，她也花了平常雙倍的時間化妝。這是因為枝里子希望他能一直記得自己漂亮的模樣。薄暮時的雷門人聲鼎沸。有受導遊指引的團體觀光客、揹著後背包的年輕外國旅客、同遊的家庭、也有著像自己一樣等著會合的情侶。氣氛就像是祭典的夜晚一樣熱鬧。

枝里子感覺到自己的悲傷與周圍的熱鬧有著鮮明的對比。悲傷的心情逐漸增加。她原本打算今天從道別直到正式分離為止，都不要哭泣的。但那份決心似乎早早就會動搖了。

「嗨！」

友樹穿著常見的牛仔褲與黑色皮革外套，舉起了右手；他的身體靠在塗著紅漆的柱子上。三十歲對男人來說還是大有可圖的年紀。當她告訴朋友要跟友樹分手時，大家都勸她別這麼做。畢竟都已經是坐二望三的年紀，就算考慮結婚也不奇怪。

「等很久了嗎？」

「沒有，根本沒等。」

分明是只要伸手就能觸碰對方的距離，兩人卻沒牽起手只是並肩走著。仲見世的燈籠與參拜者的腦袋，就像是海浪一樣不斷連綿到遠方的本殿。雖然友樹做為戀人很不錯，但要是結婚，總覺得有哪裡不對。雖然她很難對他人好好說明，但要是跟友樹結婚，她覺得自己總有一天會在外頭有其他男人。

友樹不僅溫柔認真，品味也不差；工作似乎也很認真。即便如此，枝里子還是無法下定決心結婚，或許就是因為對友樹這個人的一切都感覺到有些不足。

「真是的，最後一次約會還在淺草，簡直就像是電視連續劇一樣。最初跟最後都是一樣的地點。妳還記得第一次在這裡約會的事嗎？」

「嗯，我記得。」

那時候還相當青澀的兩人穿過了仲見世，抽了籤，還將據說會讓腦袋變聰明的線香煙拍在自己頭上。一樣是在兩年前的春天，那是在櫻花盛開前的時候。

「友樹是大吉，我是小吉對吧？總覺得，好像預言了我們的未來呢。」

友樹將手插入了皮外套的口袋裡，開口說：

「在交往這兩年的時間，我真的過得很開心。或許妳的感覺跟我不同，但能跟枝里子交往真是太好了。」

或許真是如此，但現在再說這種過去的事也沒意義了，枝里子微笑地說道。

「今晚是最後的約會，我們開心點吧。別說不開心的事了。」

原本心已經開始分離的情侶，在即將變成遠距離戀愛之前分手。枝里子靜下心來思考，認為這是個正確的決定。只是時間有點過早，友樹與枝里子都還對互相殘留著喜歡的心情吧。不是在完全討厭對方之後才分手。

「說得也是，這是最後了。」

友樹笑著望向這邊。她總覺得友樹的眼睛有點紅腫，不禁別開了視線。枝里子鼓起勇氣，握住了友樹的手。開始交往時，光是牽手就能讓人感覺心跳加速。不過，現在只覺得是又大又硬的男人手掌罷了。

「從四月開始就要去山形的工廠了吧？」

友樹是電子零件公司的工程師。雖然他說他們主要目標是要小型化電容器與線圈，但枝里子完全不了解那究竟是什麼意思。

「是啊，那邊似乎很寒冷。跟仙台不同，好像也很常下雪。我根本無法想像會是什麼樣子。」

枝里子望向他端正的五官。如果是位三十歲單身的大企業正職工程師，不到半年就能在調職的地方遇到新的女性吧。

「怎麼了？我臉上有什麼東西嗎？怎麼這麼認真盯著看啊？」

枝里子不禁嘲笑了自己內心荒唐的想法。

「沒有，沒什麼啦。只是突然覺得好像有點帥呢。」

「怎麼可以這麼說呀。難道是決定要分手了才覺得可惜嗎？既然如此，也可以不要分手啊？」

男人到了最後的最後還是這麼地自戀。

「不用了，恕我婉拒。」

兩人同時噴笑了出來，但短暫的笑聲立刻就消失了。仲見世的兩側擺滿了許多花俏的土產。從煎豆、米餅、白絲昆布、手工煎餅等這類古早點心，到針對外國人特意打造的充滿日本風情的原色浴衣及日本人偶都應有盡有。這些東西之所以不會給人討厭的印象，或許是因為這裡不像東京西部一樣有著裝模作樣的感覺吧。枝里子覺得友樹的選擇的確沒錯，但這也將在今晚畫上句號。

兩人在觀音堂投入了賽錢參拜。友樹迅速地合起雙手後，就立刻繞到本殿側邊去了。

今晚將分手的男人一臉不滿地說道。

「今年過年時我們也有來參拜吧？那時候我祈禱可以跟枝里子結婚耶。這裡的觀音還真是不值得參拜的神明，而且還說是什麼絕對不能開帳的秘佛，算是什麼東西嘛。」

她曾聽說那是座金色的觀音像。那麼小的佛像竟然被安置在如此豪華的本殿裡。但之所以絕不公開，或許就跟女人在男人面前的心情類似吧。只要女人表明心情，無論怎麼樣的男人都會像是被卡車輾過的鋁罐一樣塌扁吧。枝里子笑道說。

「畢竟觀音也是女人，說不定是不想放開友樹吧。」

「真是這樣嗎？但一點保佑都沒有。」

兩人悠閒地晃回了仲見世，進入了柳小路。道路兩側都是餐廳。

「選豪華版好嗎？」

「嗯。」

淺草是個便宜餐廳與高級餐廳交雜的街道。更好的是，無論是哪一邊的店都還算美味。他們在發薪日前約會就選便宜美味的餐廳，其他時候就是豪華又美味的餐廳。由於這是最後一次約會，才會選豪華版吧。友樹穿過了鐵板燒店的原色暖簾。溫和的女性嗓音迎接了兩人。

「歡迎光臨。」

由於時間還早，兩人算是開市的客人。兩人被領到了白木櫃台的角落。

「兩杯生啤酒。老樣子的伊勢蝦與菲力牛排套餐，今天要再加上鮑魚。」

老闆從櫃台裡說道。

「恭喜兩位，好像有什麼喜事呢。」

友樹與枝里子不禁對視。自己心裡的悲傷，無法傳達給他人。這也讓他們產生有些奢侈的心情。兩人聊著無關痛癢的話題，大吃大喝了一頓。不愧是得花上一個月公司餐費的價格，端出來的料理全都量多又美味。枝里子甚至將最後一道牛排的一半分給了友樹。

他們開朗地打了招呼後離開店面，友樹看了手錶。

「這時間花屋敷說不定還開著。」

他也沒問枝里子的意見，就迅速地朝著座落於鬧街中的遊樂園前進。枝里子看著他穿著黑色皮外套的背影，緩緩地在春天的夜晚裡前進。

閉園前三十分鐘的遊樂園相當安靜。太陽下山後，全家出遊的人幾乎都離開了。只有冷清幾組情侶走在位於高樓中間的遊樂園裡。大多數的遊樂器材也因為沒有客人而沒有啟動。

「我們再去搭那個吧？」

友樹走上前往雲霄飛車搭乘處的樓梯。第一次約會時，他們也搭了這座雲霄飛車。除了枝里子他們以外，還有兩組乘客默默地排著隊。

舊式的雲霄飛車發出了喀噠喀噠的噪音，來到了他們面前。這裡的雲霄飛車不僅不會於空中迴轉，更沒有高低落差數十公尺的急坡；要說刺激，頂多就只有搭乘時，一般住家的房簷就幾乎近在觸手可及的地方而已。不過，一旦成為大人後，這麼安穩的刺激才正是剛好。

安全裝置扣好後，友樹說道。

「我們不能從這雲霄飛車再一次開始嗎？」

雲霄飛車左右輕搖著爬上了斜坡。淺草六區的繁華夜景也在眼前展開。

「要是答應了，肯定也只是重複相同情況罷了。」

「可能吧，我只是想說說看。」友樹別開眼低聲說道。

沒有任何尖叫聲，雲霄飛車便落入了夜晚。雖然中途友樹握住了枝里子的手，但枝里子只是默默地讓他握著手。經過了上下升降，左右急轉後，雲霄飛車慢慢地降低速度，安靜地回到了起點。枝里子心想，破舊的雲霄飛車就像是人生，只要活著就難免會遇見數次分離，而現在不過是迎接了其中一次。

受到閉園的音樂催促，兩人走出了遊樂園的大門，眼前便是普通的商店街。這裡不像迪士尼樂園一樣特別，但這也是花屋敷的魅力。

「好了，現在我們沒事可做了。」

夜晚才剛開始。但友樹卻困擾地呆站在淺草的街道上。

「我們去酒吧喝一杯聊聊往事吧？」

枝里子的高跟鞋喀喀作響，走到了友樹的身旁。她直直地望入他的眼裡。

「這樣結束真的好嗎？」

頭上綁著日本手巾，或許是在四人約會的大學生，熱鬧地經過了他們面前。友樹露出苦悶的表情。

「不，一點也不好。但都是最後的約會了，我才打算完美地結束。」

枝里子不想要自己開口，這樣感覺就像是輸了一樣。她希望最後也是由男人主動渴求。

「如果友樹覺得好，那也無所謂……」

她欲擒故縱地暫停了一下，裝得有點可愛地開口。畢竟還勉強算是二十多歲，應該還可以吧。

「人家跟那時候一樣，都穿著勝負內褲喔。」

友樹的臉龐就像是被燈打亮似的，原本黯淡的表情就因為枝里子的一句話散發光芒。在第一次淺草約會那天，兩人的身體也相結合了。那時候也是枝里子的覺悟遠比友樹的預定要來得早。

「好，我很開心。走吧。」

友樹用力拉著枝里子的手往前邁進。即使對方是今晚要分手的男人，已經決定稍後要做愛，而朝著那行為被拉扯前進的這段距離，無論重複幾次，都讓她感到非常美好。但不穩的腳步與身體內部湧現的熱度也隨之重疊。

枝里子將額頭靠上友樹的肩膀。男性外套的黑色皮革堅硬，表面粗糙，正好舒服地替枝里子燥熱的臉頰降溫。

他們去了常去的飯店，地點位於淺草六區的邊緣。由於正好是週六夜晚，只有兩間空房。一踏進昏暗的房間，他們的交談就變少了。在脫下外套前，他們便站在狹小的房間中間互相深吻擁抱。漫長的深吻讓後腦杓幾近酥麻，在枝里子打算分開嘴脣時，友樹卻硬是抓住她的頭髮，再次分開她的脣瓣。舌頭就像是另一個生物一樣，在枝里子的口中不斷動作。

「感覺好熱情喔。」

「為了不讓妳忘記我。」

友樹沙啞地說道，又再次吻上枝里子。這個人原來有這麼喜歡接吻嗎？開了暖氣的房間，這時幾乎讓人喘不過氣。她輕輕推開友樹的胸膛後說道。

「你先去沖澡吧。」

當友樹的身影消失在浴室後，枝里子便將春裝大衣掛在衣架上。也順便將友樹丟在沙發上的皮外套掛了起來。當她一想到這輩子應該不可能再碰到友樹的衣服後，忍不住感到奇妙。從浴室的薄門傳來友樹刷牙的聲音。他這認真又愛乾淨的特質很有工程師的氣質，更是枝里子喜歡的部分。

枝里子坐在床邊，靜靜聽著淋浴聲。雖然試著回想起這兩年的事，但一到了最後一次性愛前，根本什麼都回想不起來。眼前慾望的熱度過於耀眼，完全吹散了其他戀愛的細節。

「我好了。」

友樹只花了兩、三分鐘便沖完了澡，枝里子也立刻交換踏入了浴室。她先在洗手台前刷牙，再踏入充滿蒸氣的浴室。她用橡皮筋綁起頭髮，再用沐浴乳清洗流汗的部位。可能是方才激吻的影響，很難洗清女性器上的黏膩液體。

她在起霧的鏡前用浴巾擦拭身體。她快要二十九歲了。跟友樹交往這兩年裡，她的曲線肯定也變形了吧。由於每天都會看到身體，自己才會完全沒發現，但無論是誰都會變老。

套上會刺激肌膚的浴袍後，她踏出了浴室。房間的照明完全被關掉了，只剩下用雙人床邊的開關切換的七色照明而已。友樹掀開了被子一角。

「會不會冷，過來吧。」

滑進床鋪後，枝里子便決定要記住今晚發生的一切。她要一件不漏地記起今晚在床上發生的事。無論是觸碰肌膚的冰冷床單、從裸體男人傳來的溫熱、昏暗的天花板上如馬賽克般的鏡面磁磚，全都好好記住吧。

友樹指尖的動作相當緩慢且溫柔。他已經知道枝里子不喜歡被用力粗暴撫摸了。不只是觸碰乳房或是性器這種敏感部位，試著盡量從其他部位開始也很舒服。

探觸著手掌，延伸至手指，再往上至手腕。枝里子曾聽說過，只要是血管浮出皮膚表面的部位，無論哪個部位都是神經集中且敏感的部位。當友樹用柔軟脫力的舌尖輕舔手腕時，她的全身都起了雞皮疙瘩，更理解了那句話的意義。

友樹很喜歡枝里子稍微帶些贅肉的手臂。在他保持若有似無的距離上下移動指尖愛撫後，才用舌頭舔了上來。

「聽說女人手臂的柔軟度就跟胸部一樣，這是真的嗎？」

先舔過手臂外側後，男人的手戳了戳圓潤外擴的乳房。不是為了挑逗，而只是為了確認軟硬。不過，光是這個動作就讓暴露在外的乳尖立了起來。從枝里子的嘴裡，不斷流洩出單純的母音。

友樹在性愛這方面也是個認真的研究者。只要發現了枝里子的敏感部位，他就會尋找測試最刺激那個部位的方法與力道，再牢牢記在腦海。

他在這兩年裡已經熟記了這具身體的內外兩側，枝里子顫抖著。不過人的內心比起身體更難以捉摸。在最後半年裡，兩人身體的契合度分明已經不能再好了，但心情卻是逐漸分離。

如果做愛時舒服，就能墜入愛河。若戀愛真是如此簡單，那該有多好。真是這樣，枝里子或許就會與友樹一起搬到山形。但是，枝里子有想繼續的工作，重要的朋友、家人們也都住在東京。光只是友樹的愛情，實在無法讓她捨棄這座城市。

友樹的手指與手掌及舌頭，現在移到了她的背上。在不知不覺中，枝里子已經換成了趴臥的姿勢。背骨的凹陷處是枝里子的敏感帶，友樹不斷重複著愛撫，鼻尖跟臉頰不斷來回摩擦著。枝里子感覺到自己的雙腿間流出了溫暖的液體。過了二十五歲之後，總覺得水量比之前還要多了不少。大腿根部與內部就像是被潑了溫水一樣淫滑。

友樹的臉往下移動，當腰骨側邊被吸吮輕舔後，枝里子的身體就自然扭曲了起來。就像是在用黏土揉捏大盤子似的，友樹的指尖就像在修整枝里子臀部整體的形狀。在黑暗的房間某處，傳來了沙啞的聲音。

「膝蓋立起來。」

平常她並不喜歡被男人舔性器。但至少最後這時候，就隨友樹喜歡吧。枝里子用力撐起顫抖的大腿，高高抬起自己的臀部。暴露在空氣的大腿感到有些冰冷。友樹溫柔地放鬆力氣舔著兩側。他的舌尖並沒有用力，而是不斷輕輕掠過。

「不行，那樣好舒服。」

當枝里子想閉起雙腿時，卻被他的手腕緊緊固定住。友樹的舌頭從性器分開的裂縫移到了內側。他的舌尖宛如陰莖一樣，好幾次探入了女人的內部。枝里子已經說不出話來了，雖然內心擔心自己性器的味道，但眼前的快感卻強烈到足以抹去這分擔心。

探索了內部好一陣子後，他的舌頭觸碰到了陰核。友樹選擇用舌尖背面來刺激這個過於敏感的部位。當他緩緩轉動舌頭，平滑的神經直接相觸就立即產生快感。

枝里子不想就這樣被舔到高潮，便在昏暗的床鋪上回頭，發現男人的黑影就坐在自己的腳邊。

「等一下，交換。」

當他們換了體位後，她便將臉頰湊近在這毫無光線的房間裡，朦朧散發出熱量與光芒的陰莖。

當兩人的性器相連後，友樹開口了。

「感覺好可惜。」

友樹動也不動地靜止在枝里子的身體內側。男人身體的重量帶來了十分巧妙的舒適感。

「為什麼？」

友樹眼睛底部似乎散發出了光芒。

「要是動了，就會停不下來，肯定也會結束啊。」

這是最後一次約會裡的最後一次性愛。一旦結束了，或許一輩子再也不會見面了。枝里子不禁覺得說出這種話的男人相當可愛，忍不住從下方用兩手抱住友樹的臉頰。

「既然如此，那就拚命忍耐不要高潮吧。」

「怎麼可能嘛。」

看到友樹的牙齒稍微露了出來，枝里子才發現他笑了。他的腰部緩緩動了起來，而枝里子沒有配合他的動作，反而是將一切交給了友樹。分明只是黏膜互相摩擦，為什麼會產生這麼多快樂與感情？人一輩子都無法從性愛的陷阱裡逃脫。這不僅是一輩子的沉重負擔，同時也是美好的禮物。友樹可惜地說道。

「枝里子有吃藥丸吧？年輕女人很少會這麼做，就這方面來說，要跟妳分開也很可惜。我已經習慣不戴套直接做了說。」

在浪漫的台詞之後，終於吐出了真心話。枝里子忍不住笑了出來。

「因為男人不是只有最後那一瞬間舒服嗎？既然如此，就讓男人在那瞬間毫無顧慮地盡情解放比較好呀。加上吃藥丸的話，生理期也比較輕鬆。」

「所以說，願意這麼想的女人實在很少啊。」

友樹開始認真地動起了腰身，枝里子也跟著配合。從這時候開始，已經沒有什麼最後或最初了。這律動肯定是在人成為人之前，就已經深深被刻劃在身體深處了。一旦開始，就再也無法停止這節奏。

兩人在汗溼的床單上，不斷擺動地換了好幾次動作。友樹比起之前更來得仔細刺激，枝里子則是柔順地彎起腰肢承受著。不過，無論再怎麼舒服的性愛也一定會結束。

感覺到友樹在自己的體內增加了硬度與質量，枝里子知道那個時候快到了。友樹激烈地前後動著腰身，從緊咬的牙齒間吐出了話語。

「真的好舒服，可是，我不要。」

枝里子用原本環住友樹背部的手，緊緊抱住男人的寬闊胸膛。

「你不要什麼？」

「我不想高潮，不想要結束。」

眼前要賴的男人突然可愛了起來，她伸出手觸碰他的臉龐，撫摸著他的頭髮。友樹則繼續動作著。

「我不想射在枝里子裡頭，要是這樣，就再也不能擁抱妳了。」

在交往的這兩年裡，她從沒聽過友樹如此悲傷的聲音。雖然枝里子相當清楚非分手不可，卻不禁感到悲傷不已。

「已經夠了，友樹你不要勉強了。全部都給我吧，射在我裡頭。」

當她這麼一說，友樹便發出如咆哮般的吼聲，身體隨之顫抖。陰莖也抖動著。那份痙攣也能帶來與高潮不同，更深層面的精神滿足。男人癱在她的身上。枝里子也用力的抱住了友樹，感覺似乎在他的粗喘中聽到了哭泣聲，她便沒有停下撫摸友樹頭髮的動作。

「真的很舒服。太棒了，友樹。」

友樹吸著鼻子說道。

「還不是枝里子說要跟這個最棒的人分手嗎？」

「嗯，對不起。還有，謝謝你。」

兩人擁抱了一陣子後，便分開了身體。只有喘氣聲在突然顯得寬廣的飯店房裡迴盪著。他們之間已經無話可說，最後的約會結束了。在黑暗中，枝里子拿起在床尾捲成一團的浴袍走向了浴室。

一按下牆上的開關，洗手間的白燈泡就刺眼得讓人幾乎睜不開眼。她掀起馬桶蓋後輕輕地坐了上去。從她張開的雙腿之間，友樹的精液垂入了透明的水中。枝里子從以前就很喜歡在做愛之後，看到精液從自己身體裡流出的景象。但是，現在卻沒有跟以前一樣興奮的感覺。

這麼一來，就真的跟這個人結束了。精液在西式馬桶裡的小小水面如煙霧一般浮出。

枝里子的眼裡也落下了如精液般澄澈的一滴液體，溶入了水裡。

二樓之夜

他硬不起來了。

從半年前左右，飯塚秀行的陰莖除了排泄以外就沒有別的用途。或許有人會說，過了四十後半，本來慾望就會越來越淡。但是，對從年輕時候就在性方面相當活躍的秀行來說，陽痿可是非常大的打擊。

走在街上，四處可見廣告板或海報。只要打開週刊雜誌，一定會有寫真或是情色的頁面。女人身著泳衣或是裸體的影像，就如急流一般埋沒了這個世界。雖然他的內心非常受到吸引，但最重要的陰莖卻像是曬了太陽的塑膠水管一樣失去了彈性。這麼一來，活著也沒有其他樂趣。

至於原因，他自己倒很清楚。

正是去年四月的人事異動。秀行在汽車零件製造公司上班，公司正與海外同業公司激烈競爭。但對手是製造同樣零件且人事成本低廉的發展中國家公司，怎麼可能打得贏；於是他們只能長期面對不斷落敗的戰果。

公司上層無法承受業績低下的打擊，不得不做出了苦澀的決定。除了技術開發部門以外，企劃、總務、人事等管理部門的白領都被大量移到行銷部門。秀行原本在的總務部也被減去了一半的人數，據說工作量變成了雙倍。但留下來的人還算是幸運的。

過了四十之後，才被調到行銷部門的人實在無法承受這些變化。秀行原本也不是擅長人際的人。之所以選擇這間只在業界知名的公司，也不是因為看中他們的技術能力，而是從大學學長那裡聽說這間公司很重視社員。

從池袋轉乘私鐵後再搭乘四十五分鐘，他這間位於斜坡上，由地產開發商開發的獨棟住宅還剩下十五年的貸款。要是在退休前不努力償還，就不得不放棄這間房子了。

（啊啊，傷腦筋。真不想去公司。）

秀行在早上的床鋪裡伸手探入四角褲，觸摸著自己的陰莖。每當煩惱時，只要這麼做他就能冷靜下來，說不定陽痿也會因為刺激而恢復。他拖拖拉拉地窩在床鋪上，閉上雙眼。一天開始的這段時間非常重要。反正去公司，也不會被當成人看，至少在早晨這短暫時間裡對自己好一點也不為過吧。

「老公！快起床，早餐做好了！」

傳來了妻子不滿的聲音。

「知道了，再讓我睡一下。」

留美目前四十歲，比他小五歲，兩人是在公司認識。她從一開始就散發出獨特的氣質，身高有一百七十公分高，而且身材更不是像薄板一樣的日本體型。雖然五官稱不上漂亮，但胸部與臀部都擁有著像是要從內部滿溢而出的肉感。

秀行自己的身高還差一點才到一百七十公分。雖然他常喝牛奶，在國高中時更時常在公園吊單槓，但缺少的那兩公分卻一直刺痛他的內心深處。

二十五歲的秀行非常著迷比自己更高挑的豐滿女性。秀行著迷的程度，從他想盡辦法追留美追了一年才得到第一次約會的機會，就可以多少看得出來了。

秀行是個會跟單一對象長期交往，大量做愛的男人。他結婚對象的必要條件也是必須跟自己一樣慾望強烈，肉體健康且有魅力。

剛從短大畢業的留美還沒有多少男性經驗。不過，或許她原本就隱藏了強烈的慾望吧。自從交往一個月後第一次做愛，她就無法離開秀行了。他們兩人的身體與心靈都非常契合，更在那之後半年便訂下了結婚的約定。

「好了啦，快點起床。湯要冷了！」

雖然秀行很想回嘴說不過只是昨晚的剩菜重新熱過，但還是忍了下來；他不想要一大早就吵架，畢竟也是自己害慾望強烈的妻子不得不忍耐的。不過，她在做愛後的隔天早上心情都會變得很好。妻子還真是現實的生物。

「好好好，我知道了。」

在他正打算起床的時候，被子卻被掀開了。秀行的右手還放在睡褲裡頭，留美看到後便開口。

「你還真是辛苦，不過果然還是沒用嘛。」

妻子曾經用嘴含住柔軟的陰莖整整一小時。雖然秀行還是有點不高興，但他還是將回話的重點放在挖苦自己上。

「就是說啊，妳看就知道了吧？」

「真可憐。」

穿著長袖T恤與牛仔褲的留美突然撲上了床鋪。雖然她是女性，但身高比秀行還來得高，體重基本上沒什麼差別。柔軟的肉體帶來的壓力非常舒服。他用繞到留美身後的手抓住比自己要大的臀部，往上揉提。

「啊！這個，有點舒服。」

妻子的身體在秀行上方扭動著。原本秀行就喜歡騎乘位了。但當他打算將手深入貼身的牛仔褲裡時，卻被溫柔地避開了。

「下次我們再做B吧。」

只用上手指與嘴巴的一小時。對還沒有放棄自己男性身分的秀行來說，那段時間非常令人沮喪。留美下了床，走向了客廳。秀行則是看了看四角褲裡頭，陰莖還是一樣柔軟，只有前端被如蜂蜜一般的液體濡溼。

無處可去的精液究竟消失去了哪裡。

在三十多歲時一週與妻子做愛三次的男人，心裡懷抱著如此單純的疑問。

早餐是義大利雜菜湯、荷包蛋、土司。在晨光照耀下，所有餐點都冷掉了。秀行打開報紙運動版說道。

「直樹還好嗎？」

留美坐在餐桌對面，看著早上的脫口秀。無論是哪個節目，為什麼都要選美女當天氣主播呢？年輕時候他曾經光看到電視的女主播就勃起了。

「跟平常沒什麼差別。昨天晚餐倒是吃得一乾二淨。」

今年要十三歲的獨生子在小學五年級時就不去學校了。在完全沒有進到教室的情況下，他就從小學畢業，成為了國中生。現在身高應該跟秀行差不了多少。

「哦？那麼偏食的直樹會吃光飯菜還真難得。」

晚餐留美會用餐盤放到二樓的孩子房間門前。到了早上，她會再從走廊回收空的餐盤。這麼說來，秀行已經三個月左右沒看過孩子的臉了。

自己也因為被分配到不擅長的行銷，完全喪失了工作意願。如果能像直樹拒絕上班就太好了。長男是「家裡蹲」，自己得做不喜歡的工作，跟妻子一點交流也沒有。即使如此，他還是得想辦法忍耐這情況十五年。至少在付清房屋貸款前，還得巴著公司不放才行。

秀行的心情黯淡，卻也潛藏了直到最後都要好好享受這狗屁狀況的詭異競爭意識。既然現在情況如此，他也打算測試自己的忍耐力究竟有多少程度。

「你今晚會晚回家吧？」

原本呆愣地看著巨人比賽的秀行回過神來。

「是啊，我要跟黑田去喝酒。」

「那個人很有趣呢，有些地方給人感覺很可愛。」

秀行將早餐解決一半後，站起了身，莫名地抬頭望向天花板。直樹就在那上頭安靜地生活吧。或許差不多該找心理諮商師來幫忙了。要是一旦挫折了，家庭問題就會轉變成無窮無境，難以解決的問題。

秀行下意識地將手放到睡褲前方，走向了廁所。

黑田久信是個特別的朋友。

雖然就讀同一間私立大學的經濟系，但他們不曾身處同一個研究室或教室。在大學畢業後五、六年的同學會，兩人正好坐在隔壁位置。在露天啤酒館的角落，黑田突然說起了女性話題。雖然秀行的慾望很強，但卻從未跟其他人聊過。由於他出生在家教嚴格的公務員家庭，一直以為下半身的話題是禁忌。但黑田卻不顧秀行困惑的模樣，開始有趣地講述至今交往過的女人們。到了最後，秀行也不禁捧腹大笑，說出了自己所有的女性經驗。從那一晚後已經過了二十年左右，兩人還是維持良好的朋友關係。

秀行與黑田見面時就只會聊女人。除此之外，完全沒有混入其他不純的話題，就這點來說，兩人的朋友關係可說是相當純粹。

「喂，上次喝酒是三個月前的事了。你現在站不站得起來了？」

黑田笑著，視線則朝向了桌子下方。這是間位於池袋西口的有名居酒屋，著名菜色是黑輪裡會包裹自製的炸蕃薯。

「沒有，雖然我試了很多方法，但還是完全不行。」

黑田的額頭已經往後退了不少。不過他本人倒是一點也不在意頭髮變少的問題，據說追女人跟頭髮一點關係都沒有。

「這樣啊，那我幫你找點藥吧？不然留美不是很寂寞嗎？」

秀行幾乎將夫妻生活都告訴了這位朋友，黑田也知道留美對保險套過敏，為了避免發癢他們總是射在外頭。

「不過藥物啊……」

秀行猶豫了起來。據說有很多品質惡劣的藥，是否有必要為了做愛而做到這個地步？這時，跟自己同年的男人點頭說道。

「說得也是，畢竟那只是陰莖擅自勃起，心裡一點也不感到興奮。要是心裡一點感覺也沒有，就算那裡再怎麼勃起也沒有意義。」

如果說秀行喜歡與同個對象累積大量經驗，黑田則是喜歡與多數對象做愛。他時常大剌剌地說，與同一個女性做愛三個月以上的人是變態。於是他到現在還是單身，一年裡也都會有好幾個新戀人。

秀行覺得不可思議的是，黑田一點陰影也沒有；他的開朗可說是無邊無際。許多結婚的男人，都會對自己的生活感到後悔或是可惜。不過，到了四十五歲仍維持單身的黑田卻是一點反省的意思都沒有。似乎也一點都不在意父母、親戚或是同事的冷淡眼光。雖然大學畢業已經過了二十年，但前陣子交往的女人才終於超過了一百個。那時候，他們兩人還特別開了慶祝酒席。

「不過你的直覺很奇怪啊。」

黑田將牛筋塞進了嘴裡，咧嘴笑道。

「上次跟你一起喝酒的時候，你不是帶了隔壁女人回去嗎？為什麼你會察覺對方給了OK的訊息呀？」

黑田抱著肩膀回答。

「應該是相反才對。不管究竟是多麼了不起的人，說穿了，男人全都是動物。為什麼會沒發現附近就有發情的女人？不是會發出很香的味道嗎？你那樣才是違反了自然的原理。大家總是用不夠聰明的腦袋思考困難的事，是不是忘了自己身上有陰莖啊？」

黑田就是這個樣子。只要跟這男人聊天，就會越覺得自己的煩惱微不足道。而且要說他們聊的內容，就只有在哪裡跟怎麼樣的女人做愛而已。還真是相當單純。

秀行提出了已成為習慣的問題。

「那你在這三個月裡，錄取了哪些新人啊？」

黑田舉起了兩隻圓圓的手指，咧嘴笑道。

「一個是十九歲的短大生。」

雖然這男人愛好女色，卻不會去酒店，而是專門找一般人下手。他做愛的對象都是基於雙方的自由意志交往的。

「你究竟是怎麼跟那種女孩交往的？」

「在附近的便利商店，我記得是半夜吧。」

真受不了。就算是在穿著居家服光臨的便利商店，他也能立刻進入備戰狀態。看來他們的腦袋構造還真是不太一樣。

「你還跟那個女孩交往嗎？」

這時，兩位 OL 爬著樓梯上來了。黑田雖然一邊聊天，但眼神卻緊追著女人。秀行覺得他就像是追蹤導彈一樣，不禁笑了。

「沒有，分手了。她不僅囉唆又愛纏人。最近的年輕女孩在交往時都讓人那麼有壓力嗎？而且她還像是個孩子，做愛也不怎麼舒服，所以我立刻就分手了。」

他一臉自然地說出要是被沒女人緣的男人聽到，肯定會被揍的話。黑田的分手方式相當簡單；將電話跟訊息全都設成黑名單後就結束了。

「不過，另一個就是中大獎了。對方是三十二歲的人妻。說到她就真的是……」

秀行聽著朋友炫耀，有時無奈，有時也感到羨慕。

那晚他們換到劇場通的酒吧續攤後才散會。秀行吹著春天的暖風，心想著這一切還真是如黑田所言。人類就是動物。若是無法感覺到吹拂到肌膚上的春風，一定是有哪裡退化了。

「你怎麼了？」

黑田靠向了步道側邊，開始打起了訊息，頭也不抬地說道。

「我要去見一下那個人妻。」

「這樣啊。我要回到房貸還沒付完的家去了。再見。」

正當秀行要走向池袋站的時候，黑田開口了。

「喂，我說你的陽痿問題啊。如果對方不是留美，是不是就會痊癒了？下次我幫你拜託認識的女人吧？有女人可以接受這種事。對方很重感情，應該會很願意協助。」

這句話就像在秀行的胸口點起了一盞燈。原來這男人也是以他的方式在擔心自己。不過，或許也是因為他會比其他男人對陽痿的話題更加敏感。

黑田一臉戲暱地說道。

「可別死啦。」

秀行也笑了出聲，背對著黑田揮了揮手，前往都心的大車站。

他勉勉強強地趕上回家的最後一班公車。秀行到家已經是剛過十二點的時候了。他就連洗澡都覺得麻煩，只刷了刷牙，隨便看運動新聞後，便窩進了床鋪。在入睡之前，他腦海裡最後浮現的影像是半夜的便利商店。身著女大學生打扮的留美就站在裡頭，交叉著雙腿，站著翻閱女性雜誌。他得想辦法搭話才行，不然留美會被黑田那種男人奪走。雖然他心裡這麼想，但卻完全出不了聲。秀行就像是被從懸崖上推落似地，墜入了睡眠的黑色深淵。

由於口很渴，他才醒了過來。

往身旁一看，卻沒發現妻子的身影。床邊桌的鬧鐘顯示已經快要半夜兩點了。秀行從床上起身，他壓低腳步聲前往廚房。半夜裡的家裡總是安靜得讓人不禁控制動作。

他從冰箱裡拿出礦泉水，一口喝乾。這種什麼味道都沒有的飲料，為什麼會讓人覺得這麼好喝？這時，從他的頭上傳出了些微的嘰嘎聲，讓他莫名害怕了起來。

二樓只有獨生子在睡覺。但直樹總是日夜顛倒，或許是在打什麼遊戲吧。當他從客廳望向樓梯，發現了有一道淡淡的光芒流洩了出來。

秀行像是被吸引似地走向了樓梯。不知為何，他小心不發出聲，緩緩地爬上樓梯。雖然在自己家這麼做很奇怪，但身體卻是非常膽小。往上爬了三階左右，又聽到了一樣的聲音。這次他很確定了，這是床墊擠壓發出的嘰嘎聲。留美不在寢室，究竟人去了哪裡做了什麼？

爬上樓梯後，在走廊的正對面就是直樹的房間。房間的拉門稍微開了一點空隙，光線應該就是從那空隙漏出來的。秀行在深夜的冰冷走廊上坐了下來，窺視著房間裡頭。昨天的晚餐一定是麻婆豆腐吧，這是直樹最愛吃的食物。房門外的餐盤散發出芝麻油的味道。

從他的角度只能看到床鋪後方的部分。他可以聽到電腦風扇發出的些微聲響，房裡的光線就只有書桌上的檯燈而已。床上有四隻光裸的人腿交疊，形狀渾圓帶著肉感的是妻子的雙腿，肌肉尚未發達的則是兒子的雙腿。在上方的是女人的腿，他們究竟在做什麼？

「今天這樣不太好吧？」

原來兒子的聲音已經這麼成熟了。

「別擔心，那個人只要喝醉睡著了，就算地震他也醒不過來。」

相對的，妻子的聲音卻一點也不像個母親，帶著誘惑的甜美氣息。

「總覺得爸爸很可憐。」

房內傳來了溼潤的嘴脣離開肌膚的聲音，留美究竟是吻了直樹哪個部位？

「還說這種大話，你得感謝他才行呀。他可是為了我們在努力呢。」

「可是媽媽卻跟我做這種事……好痛！」

兒子的腳尖轉向了內側，腳趾蜷縮。秀行這次倒可以想像他們做了什麼。一定是妻子捏了直樹的睪丸，他對男人在這種時候的反應很有印象。這應該不是作夢吧？秀行將手摸上了走廊地板，確認了二樓夜晚有多麼冰冷。

「所以啦，你說這種話真是太自以為是。都是那個人不對，我們都已經半年沒做愛了。女人也是有性慾的啊！」

秀行的腦海裡有東西沸騰了。不如就踢破門，衝入兒子的房間怒吼吧。不過，那時候他才發現，自己那裡睽違半年起了些微動靜。雖然才只有兩成左右，但熱度開始集中在他的陰莖上了。

（這是……）

妻子跟家裡蹲的兒子做愛。自己則在昏暗的走廊像是變態一樣偷看，什麼都不敢做。憤怒、興奮與沒用的心情交雜在一起，擾亂了秀行的心。這時，妻子開始動作了。她可能是將身體往下移動了，圓潤的屁股映入了秀行的視野。留美坐在兒子的雙腿之間，根本不用思考也知道她究竟在做些什麼。宛如河邊水流拍打岸邊的聲音，不斷低聲地傳入耳裡。

「媽媽，這好舒服。」

就連他自己也不清楚這究竟是興奮還是忌妒。他聽著兒子的喘息聲，陰莖已經硬了一半。秀行抓住自己睡褲的前檔。

「我想要了。」

他聽見妻子撒嬌的聲音。這是留美的習慣，當她稍微用嘴巴舔過後，一定會這麼說著，要求插入。

「咦？這麼快？」

秀行依舊雙眼充血，但幾乎快笑出聲了。在還想再享受一下口腔的觸感時，自己也是這麼說的。原來父子在這種地方也會相似。妻子的臀部從視野中消失。雖然他聽到了呻吟聲，但兒子腳的位置卻沒有任何改變。腿毛尚未長齊的少年雙腿開始有節奏地沉入床墊。

（她跨上去了。）

留美碩大的臀部跨上了直樹的身體。由於無法從拉門的縫隙裡窺見一切，秀行只能依靠想像。雖然比起二十多歲時多了二、三公斤的體重，但體型幾乎沒有變化。雖然臀部與乳房輸給了重力下垂了，但重量感與柔軟度卻比年輕時來得完美。他的腦海裡已經沒有直樹的存在了。

（留美跨到男人身上，自己上下動著。）

秀行的腦海裡就只剩下這個事實。即便他再怎麼緊貼著拉門縫隙，甚至都要在臉上留下印子了，卻還是無法看到房內的景象。雖然他嘗試偷偷拉開，但房門似乎也有從裡面扣上勾環。他只能看到床鋪與男人的腳尖。秀行不禁心想，原來興奮就是由文字所構成的。留美跨在男人身上；留美在男人身上擺動著；留美發出了嬌喘。光是將眼前的狀況轉換成各種文字敘述，就讓他全身的血液集中到了休眠許久的陰莖。

秀行微張著嘴，繼續窺視著昏暗的長男房間。

當留美高潮兩次之後，便離開了兒子的身體。房內傳來了直樹沙啞的聲音。

「我今天也想射在裡面。」

射在陰道裡？原來妻子與兒子做了這麼危險的行為嗎？秀行幾乎要因為打擊而頭暈目眩了。畢竟留美對保險套過敏，做愛時肯定都沒有戴套。

「可以啊，真是拿直樹沒辦法呢。」

可以嗎？真的可以這麼做嗎？秀行差點對理所當然就接受射精的妻子大叫了出來。女人的小腿肚上浮出了筋。看來她應該是伸長了身體要拿什麼東西。

「分明還是國中生，竟然網購了這種東西。」

直樹的腿顫抖了一下。

「啊、好冰！」

他完全無法想像房內究竟在做些什麼。

「不要亂動，要是不塗多一點等等會很痛喔。不過，你是在哪裡學會這種事的？」

這完全就像是成年情侶間的對話。四十歲的母親與十三歲的兒子，真是離經叛道。即使如此，那麼秀行的陰莖硬度又是如何？感覺甚至可以拿來敲打堅硬木頭上的釘子了。

「咦？可是我在網路上看無碼的影片時，發現不管是日本還是美國，大家都會用屁股啊。我還以為做愛就是這樣。」

妻子低聲笑道。

「哪有小孩在十三歲時就會肛交的。」

秀行差點就將自己的嘴脣咬出血來。雖然他已經四十五歲了，卻完全沒有那方面的經驗。

「一開始要慢慢來喔。」

「嗯，果然還是好緊喔。」

兒子似乎側躺著從後方進入了妻子身體。與剛才完全不同，動作相當緩慢，但看來卻莫名地性感。他曾聽說蝸牛會花上好幾天的時間做愛。秀行的腦海裡也浮現了柔軟交融的軟體動物。

秀行毫不放鬆地緊盯著妻子的腳尖，高潮也立刻就到來了。

「我不行了，媽媽，要去了。」

直樹就像是在墊腳尖似地，伸直了雙腿；試圖盡量射入深處。或許這就是男人的本能。

「啊，暖暖的東西出來了。」

兩人就沒有其他的動作了。在性愛結束的同時，秀行就像是從夢裡驚醒似地，恢復了自由行動。既然都看到最後了，事到如今也無法闖進房裡。他小心翼翼地從拉門前後退，雙手扶著地板下了樓梯。陰莖依舊硬得比過去任何時刻都要來得硬挺，雖然難以行走，但也沒辦法。

他回到寢室，窩進了被子裡。真是看到了不得了的東西。要是不知道這件事，這個家裡雖然一樣懷有問題，但還算是和平。沒想到短短一晚就改變了一切。

由於他長時間坐在夜晚冰冷的走廊上，身體也全都冷冰冰的。就只有陰莖是火熱的。自己是否能原諒與兒子做愛的妻子，是否還能擁抱她。秀行的腦海裡有無數的想法交雜著。再過不久，留美也會回到這座床上。究竟該拿這睽違半年勃起的陰莖怎麼辦才好，心跳也激烈得幾近疼痛。

秀行將手放到胸膛與性器上，瞪視著昏暗的天花板與上頭二樓的黑暗。

匕　首

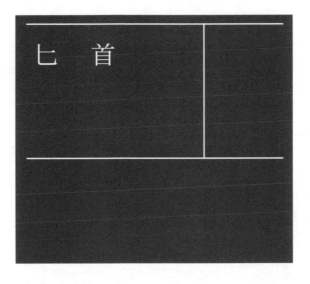

＞我要結束這一切。

＞不斷落敗的二十五年人生。

＞就算再活五十年，

＞也不會晉升，也沒有變化。

＞我已經沒有可能性跟未來了。

＞雖然努力過了，卻沒有朋友，

＞也沒有戀人。

＞對我這種蛆蟲來說也是理所當然（笑）

＞你們這些人，

＞好好看著我華麗毀滅的樣子吧！

佳山知行窩在被電腦液晶螢幕照亮的房間裡，如沙漠一般的螢幕上，殘留著剛輸入的文字。反正一定不會有人看到。雖然已經是晚上了，他卻沒有打開房間的燈。這裡是知行工作的PRIME電子的宿舍，電費必須由約聘社員各自負擔。因為他下個月就被解約了，現在連一塊錢都得盡量節省。知行不禁覺得自己很可笑，竟然已經完全習慣為貧窮操煩了。不過，他已經不用再擔心下個月的電費了。他在那之前就要自我毀滅了。

他拿起擺在電腦旁邊的刀套，啪地一聲解開鈕扣。刀柄上綁了防滑的皮繩，握在手上重量十分扎實。他緩緩拔出匕首，刀身大概有二十公分長，中間刻有放血的凹槽；為了適應夜晚戰鬥，更都用了鐵氟龍加工。只有雙刃的形狀反射了螢幕的光芒，浮現出小小一公分左右的刀身。這是把為了在黑暗裡打倒敵人的道具，除了殺傷與觀賞以外沒有其他功能的漆黑匕首。

（我明天要帶著這把刀去東京。）

當他看到公司以一張薄紙告知自己被解約的那一天，便下定了決心。貼在公佈欄上的公告寫著，七十位約聘社員中有四十八位將被解約。不是解聘，也不是資遣，就只是解約。二十六號這個數字也在解約的名單裡；在他工作將近九個月的工廠裡，到現在還是只被稱呼為「喂」或「你」或是「二十六號」而已。由於每週人員都會輪替，就算正式員工都在同一個單位工作，卻沒有人會記住約聘社員的名字。

在電腦旁邊，還有磨得破破爛爛的魔鬼氈尼龍錢包。從銀行領出的所有財產就只有七萬元出頭。高中畢業七年，結果自己一年只能存下一萬元。他不禁笑出聲來，若是未來二十年繼續像這樣努力工作，或許就能存到一台小客車的頭期款吧。

知行從高中畢業那年，正值就職冰河期最嚴重的時候。在工業高中裡，能考上大學的優秀學生一般也不過數位。其他就職的人也只有三成能被正式聘用，那些都是考試結果優秀，或是靠父母關係的三成幸運兒。

剩下的學生全都成了約聘員工。高中的就職課程上也分發了人力仲介公司的廣告，上頭寫著能在最先端且乾淨的工廠工作，月薪還高達三十萬。但所有好條件的背後都有問題。雖然大企業一天似乎真的會支付一萬二千元，但人力公司會先抽掉四成。到他們手上的就只有二十萬出頭，若是扣掉水電費、健保費、稅金等費用後，生活總是過得非常拮据。

知行回頭看向堆在房間角落的棉被，那是以一個月一千六百元租來的棉被。在這間宿舍裡的所有東西，都是仲介公司準備的租借商品。只要住在這裡，不僅會被抽四成佣金，就連基本生活費都會被吸得一乾二淨。

知行放下了匕首，慢慢站起身，再用雙手握住匕首在腰前擺好姿勢，直直倒進了棉被山裡。聚酯纖維被、棉質的鋪被、低反發的床墊。疊在一起的寢具根本沒有手感可言，一下子就被貫穿，而刀尖也刺入了榻榻米裡。在刺傷人的時候，也是這種感覺嗎？

知行露出笑容，用匕首將租借來的棉被割得亂七八糟。

隔天早晨，天氣是初夏常見的晴天。

宿舍鋁窗的另一側是如礦物打造的鮮艷藍天。活著是地獄，死了也是地獄。不知道是誰的塗鴉就這麼留在窗戶旁邊。因為知行昨天直接穿著衣服睡覺，便換下了沾滿睡覺汗水的T恤。少少幾件的衣物，與他難以捨棄的遊戲與漫畫，這就是他所有的個人物品。

他從冰箱拿出便利商店買的飯糰跟泡麵當作早餐，由於飲料就是水管流出來的自來水，一餐可以壓在二百五十元內。獨自食用的早餐一點氣氛也沒有。他不是在用餐，只是在補充營養。

他用三分鐘解決早餐後，就將個人物品塞進搬家用的行李袋。他仔細收拾的就只有附有DVD光碟機的寶貝筆電還有高中畢業紀念冊。知行未來的夢想是成為工程師，設計出讓所有人都能開心的機器。還真是個天真無邪的夢想。

但就在他寫下這句話的十八歲時，他也很清楚自己絕對無法達成夢想。這個世界是由無數的箱子所組成，人絕對無法跨越橫亙在中間的分隔高牆。自己的人生就是在如此狹隘的箱子裡開始，也將在箱子裡結束。

提著行李袋，隨意在各地居住生活。在這之前，知行已經於日本全國各地十二間工廠裡工作過了。若是不回老家，就沒有任何朋友。雖然他非常想交女友，但與異性之間的隔閡實在太難跨越。每隔幾個月生活或環境就必須全部重來，要維持人際關係也相當困難。

（仔細想想，我從來沒提著這行李袋去東京。）

他嘲笑著自己這諷刺的想法。東京都心沒有工廠，像知行這種約聘社員在那裡根本毫無用武之地。

（至少最後一個約聘的地方，我要由自己選擇。）

知行提著黑色的行李袋，不上鎖就離開了房間。早晨的陽光相當刺眼，在他軍褲的側邊口袋裡有著匕首沉甸甸的重量。他走下大樓外頭的樓梯想著。

（我要在最後的約聘公司引發最後一場工災嗎？）

三十分鐘後，知行便搭上了前往東京的公路巴士。

週日午後的澀谷，簡直就如盛夏的海灘。

輕易露出肌膚的年輕男女全都聚集於此，幾乎沒有餘下任何可踩的空地，人潮如波浪般擺動。在中央街道兩側，不同店家各自猛烈放著不同的背景音樂，就像是四處都有音樂炸彈爆開似的。

知行將行李寄放在澀谷車站的寄物櫃裡。他用太陽眼鏡遮住臉，空著雙手走在街上。黑色T恤的胸口有著銀色骷髏與寫著「KILL YA ALL」的文字。裝有他全部財產的錢包與手機，就放在匕首另一側的口袋。

知行在ABC MART路口正中間停下腳步，拿出了手機。他開啟攝影模式，隨意拍起了照片。這裡有將眼睛四周塗得像熊貓的年輕女人；有穿著水手服的男人；有耳朵、鼻子、嘴脣與肚臍都穿了銀環的女人；有穿著背心，雙手刺滿如閃電般深藍色刺青的男人。知行拍攝著所有路人，在心中悄聲說道。

（今天是最後一個星期天。今天是最後一個星期天。）

興奮或許能帶來與幸福相同的作用，知行在不知不覺中低聲哼唱。

（獵物就是你、你、還有你。）

在知行大概拍了數十位走在中央街上的年輕人後，突然被人拉了T恤的袖子。

「你從剛剛就在幹嘛？」

他不禁全身都冒出了汗，緊張地回頭一看，發現眼前站著一位嬌小的女孩。年紀看來快二十歲，知行不太會分辨女人的年齡。她的眼睛是明亮的灰色，大概是戴了角膜變色片；身上的黑色T恤上果然也有著骷髏圖案，似乎與知行穿的品牌不同。骷髏與死亡一直都是街頭品牌最受歡迎的設計主題。死與破滅就代表了流行。她的格紋迷你裙大概只跟明信片差不多長，勉勉強強能遮住內褲。裙子底下則有著層層疊疊的蕾絲。

知行實在無法老實說出因為自己等等要當殺人魔，想先拍點照片紀念。

「因為我應該不會再來澀谷了，想說當紀念。」

女人再次上下看著知行全身。

「原來是這樣啊，你是一個人嗎？」

澀谷真是座糜爛的街道，竟然會被年輕女孩詢問自己是不是獨自一個人。還偏偏選在他正要刺殺路人的時候。不過，知行回答的嗓音卻遠比他預期的要來得輕快許多。

「對啊，我只有一個人。」

「那要不要一起去吃東西？」

也好，反正隨時都可以刺殺路人。匕首還在他的口袋裡，而中央街在天亮前都宛如祭典般喧鬧。

「可以啊。」

年輕女孩喀啦喀啦地拉著小行李箱往前邁步。知行將手機收進了口袋後便跟了上去，以防在人群裡迷失了她的身影。

女孩的名字叫做美南。

美南在只有便宜這優點的居酒屋裡，點了驚人份量的料理。棒棒雞、廣島燒、骰子牛排、明太子飯糰、法式土司、凱薩沙拉、三杯冰茉莉花茶。

「對不起，先讓我吃點東西。我從昨天開始就什麼都沒吃了。」

她豪爽地一一解決掉送上來的料理。知行只能驚訝地看著一個個塑膠盤在眼前被清空的景象。畢竟自己到了澀谷之後，由於神經過度興奮，一點食欲也沒有。

美南不算漂亮也稱不上可愛。身材嬌小，五官也絲毫沒有細緻的美感。仔細一看，才發現她的妝也都花了，整張臉斑駁交雜，就像是有著裂痕的磁磚。

「知行住在哪裡啊？」

「我沒有要住，今天早上到這裡，晚上就要回去了。」

回程大概是去這附近的警察局。不過他不確定那叫做拘留所，還是看守所。

「是嗎？真可惜。如果你有在旅館訂房，我還想拜託你讓我在那裡住一晚呢。這麼一來，就剩下愛情賓館這選項了。」

「愛情賓館是什麼？」

從美南說話的嘴裡可以看到滿是起司粉的蘿蔓生菜。

「愛情賓館就是愛情賓館啊。畢竟你對我有一宿一飯之恩，我實在不喜歡欠人情。知行不也是為了這個才會撿我回來嗎？因為你什麼都沒吃啊。」

知行看向盤子上完全冷掉的廣島燒，並用免洗筷送入口中。意外的是，廣島燒醬料的味道相當扎實，非常好吃。

兩人與吵雜的行李箱滾輪聲一起爬上了道玄坂。初夏夕陽的光芒斜斜地照亮坡道，街道與人群像被煮熟似的充滿著熱氣。

（我分明是為了刺殺人才來澀谷，等等卻要跟這女人做愛？）

就連他自己都無法掌握事情發展。現在中央街上應該已經要有好幾個人倒地才對。不過，匕首依舊安靜地躺在他的口袋裡。

「選這裡可以吧？不僅附贈的洗髮精跟潤髮乳品質很好，還有化妝水。」

當兩人穿過自動門時，美南轉向知行露出了竊笑的表情。分明不算是個美女，但她的笑容卻能夠甜蜜地刺入知行的內心。

「而且這裡是澀谷最便宜的賓館。知行應該也想要選便宜的吧？反正做的事都一樣嘛。」

他們在昏暗的賓館大廳裡選擇了房間。話雖如此，現在依舊散發著光芒的空房按鈕就只剩下兩個。三十多間房間幾乎都客滿了，這也代表有這麼多情侶在天還沒暗時就開始做愛。即便他在中央街自毀，這些房間裡的情侶也還是依舊忙碌地做愛。這麼一想，知行便打從心裡感到悲哀。無論自己多麼激烈地自我毀滅，卻還是無法阻止互相擁抱，舞動著腰肢的情侶們繼續做愛。

知行在只看得到指尖的賓館櫃台小窗裡，用零錢付了三千八百元。

狹窄的玄關是一片漆黑，美南的汗味就像是放置一段時間的水煮蛋。

「哈哈哈！我兩天沒洗澡了，先去洗囉。」

美南的音調普通，毫無罪惡感更沒有絲毫焦躁。

「我的頭好癢喔，要是你覺得無聊就先看看A片吧。」

年輕女孩用指腹搔著頭，走進了玄關旁的浴室裡。從走廊再往前進，房間裡就只有一張雙人床。靠牆的吧檯上放著一台不搭調的電漿電視。因為覺得要按遙控器很麻煩，知行便聽著水聲，倒進了床鋪裡。

過去的二十五年裡，他從沒有過稱得上女友的交往對象。雖然高中時曾跟隔壁女生交往過幾個月，但進展就只有唇瓣相碰罷了。知行曾經擁抱過女性，那是在他第一次受聘的神奈川工廠裡，跟學長一起喝醉後就跑去了堀之內尋樂。

那是座過氣的風化街。有一半的店家都關掉了燈光，該不會是倒閉了吧。服務知行的是位年近四十的資深女性。接客態度隨便，就連毫無經驗的知行也能察覺對方只是想要早點完成工作。無論是她假裝出來的聲音或身體反應，或是推銷只要再拿一張大鈔出來就有特別服務的說詞，都讓他厭煩不已。在他勉強做到最後時，他也下定了決心。再也不要用錢買女人了。

在那之後過了六年。這段時間裡，知行完全都沒有與任何女性產生緣分。四處漂泊的約聘社員裡，也有人厲害得可以在短短幾個月的約聘期內交到戀人。不過，知行無法主動向異性搭話；因為他總是會在開口之前，先瘋狂想像自己失敗的模樣。畢竟他出生之後，從來沒有在任何事物上獲得勝利，或是取得自己真正渴求的事物。

他聽見吹風機的聲音透過薄壁傳了過來。冷氣強力運作的房間就像是海底一樣昏暗。知行望向懸吊著小玻璃珠的吊燈，將自己埋入了棉被裡。

「久等了。」

美南從床旁探出頭來。卸妝後的臉上沒有了眉毛，五官就像國中生一樣稚幼。包裹在浴巾裡的胸部擠出了深深的乳溝，她的手臂也因此圓潤豐滿。知行不太喜歡體型像模特兒一樣纖細姣好的女性，對他來說，看起來有些胖胖的女性才是正好。

「再等我一下喔。」

只見美南在登機箱裡東摸西找後，拿出了一個小包包。

「在做愛前果然還是得來點這個。」

她將揉成一團的面紙丟了兩、三張進塑膠袋，再從像能量飲料的褐色小瓶裡倒了透明液體進去。美南將口鼻貼上塑膠袋後深吸了一口氣。

「啊！太舒服了。知行也要來一點嗎？」

那應該是稀釋劑吧。從工業高中畢業的知行相當了解有機溶劑的效果與毒害，他也有同學因此門牙都變成了褐色。

「不了，我不用。」

床鋪周圍都充滿了稀釋劑的臭味。

「妳每次都是吸完稀釋劑後才做愛嗎？」

「嗯，對啊。這樣就可以什麼都不去想了。」

他不禁認為美南跟自己同病相憐。無論是未來或是現在的自己，都沒有任何期待。兩人都是充滿絕望的敗犬。

「吃飽之後，再吸甲苯就會變得很有幹勁了。」

年輕女人自己拿下了浴巾。雖然乳房大得無法一手掌握，但下方的腹部也疊了好幾層脂肪。右下腹部還殘有盲腸手術的痕跡。或許她曾穿過設計相當情色的泳裝，身體上殘留了模樣奇怪的日曬痕跡。

在知行脫T恤的時候，美南也替他解開軍褲的皮帶，從四角褲上頭直接抓住已經勃起一半的陰莖。她的力道過強，讓知行有些疼痛。美南舔上了知行的乳頭。她應該是在某個地方被那些愛玩的男人教會這種賣春小姐的技倆吧。

雖然她的氣息裡帶著稀釋液的味道，知行還是毫不猶豫地吻上美南的唇；刺痛舌頭的刺激也立刻被唾液沖淡了。兩人立起膝蓋在床上擁抱時，知行與美南的視線相會了。昏暗的房間裡，灰色的瞳孔像是集聚了光線似地閃耀；那是雙完全展露出女人慾望的眼神。知行從來沒被異性以這種眼神渴求過；他的陰莖完全硬挺了起來。美南的指尖摸上停駐在前端的水滴，笑著說道。

「哇！真的好硬喔。」

她隨之跪爬在床上，用舌頭包裹住陰莖。

「因為還沒有洗澡，很有男人的味道。我很喜歡。」

下個瞬間，美南就將陰莖完全納入了口中。先端頂住喉嚨深處有些疼痛，但知行不打算出口抱怨。就算只是在路上萍水相逢，就算只是因為肚子餓而尋找援助交際都無所謂。就算只是為了肉體或金錢，他也從未如此被他人如此認真地渴求過。

知行伸出手，從下方捧住美南的乳房；觸感就像是灌滿溫水的氣球，配合著張開的手指，自由自在地改變形狀，卻又試著從男人的指尖逃離。雖然她的乳尖顏色較淡，但乳暈卻很大。在她豐滿的胸部前端，有一半都是長有薄毛的淺褐色。美南鬆開了口說道。

「那樣好舒服。我的胸部很敏感，隨你怎麼摸都可以。捏我的乳頭，拍打我的胸部。」

當知行照做後，美南的呼吸與舌頭動作都激烈了起來。知行絲毫不想與其他人交換現在這個瞬間。硬挺的陰莖、柔軟得無窮止盡的乳房、暴露在自己眼前，殘有日曬痕跡的裸背。每當女人移動她的頭部，兩人的黏膜就會產生刺激。在這座床上真的會有人生勝利組與落敗組嗎？會有階級社會嗎？人出生，活著，交配，最後死亡。除此之外的一切全都只是膚淺的虛飾。當他因為快感而閉起眼，腦海裡無數的想法就猶如在夜晚海中悠游的魚隻般閃爍而過。

「我裡面比外面更敏感，你可以直接插進來，越粗魯越好。」

帶著稀釋液氣味的少女有些害羞的笑道。她是個反覆離家出走，一沒錢就用身體與願意幫助自己的男人交換的女人。知行根本不知道她身上有沒有病，但是，他根本就不想使用賓館附贈的保險套。雖然他知道這樣很蠢，但若是排除了生活中所有風險，剩下的就應該只有永無止盡的無聊。

知行進入了美南的身體，六年前的經驗根本比不上這瞬間皮肉相互摩擦的快感。無論知行再怎麼激烈的動作，還是會被柔軟地包裹，並確實收到歡愉回傳至身體。知行對女性的肉體感到驚訝，自己在這二十五年裡竟然完全不了解這種感受。更無法像現在這樣將陰莖刺入女性身體，產生連結。若是用刀子去刺殺他人，人們肯定只會更加遠離自己。知行的眼眶浮出了淚水，忍耐著快感。若能選擇，他還是想跟人產生連結，今後也想要繼續與人交流。知行忘我地擺動著腰身。看來美南的身體內側的確相當敏感，柔軟包裹住陰莖的內部開始痙攣，知行也第一次知道可以靠自己的力量讓女性達到高潮。

「我快去了，美南。」

目前為止都只是不斷嬌喘的美南嗓音突然冷靜了起來。

「好，那換我回報你了。」

當知行縮起身體抽出陰莖後，美南便貼住了知行的身體；她爬到跪趴在床上的知行身下，將沾滿兩人體液，就連陰毛都濡溼的陰莖吞入口中。

「哇！好色喔。你就儘管去吧。可以喊出聲音。」

美南左右舞動著舌頭，頭也激烈地前後移動。知行可以看見在提防另一側豐沛燦爛的快感湖水。在射精的瞬間，知行大聲的喊叫著某句話；但就連他都不知道自己究竟說了什麼。他只覺得從自己心裡與身體內部，湧出了漆黑的東西。

美南疊上了側倒在床上的知行身體，手還繼續抓著他的陰莖。

「還好嗎？要不要吐在面紙上？」

當知行打算將手伸向床邊桌時，美南也笑著吐出舌頭。

「我已經吞下去了，沒關係。味道很苦又美味。不過呢，我現在要弄哭知行你。」

美南再一次含住剛射精過於敏感的陰莖。舌頭的動作就跟剛才一樣激烈。

「先等一下，拜託妳。讓我休息一下。」

美南笑著含住陰莖。當知行投降似地放下雙手，指尖正好碰到四散在床上的衣服。他碰到了放在軍褲口袋裡的匕首。他原本要在星期天的澀谷中央街上，用這把匕首自我毀滅；但現在卻被剛射精的陰莖刺激著，發出了呻吟。

知行對在這二十五年裡不斷落敗的自己，或者是拚了命只為生存的外在世界，都感到可笑得不得了。就連那把匕首，他都覺得像是個玩具。

「你怎麼了？突然大笑了起來。」

美南這麼說後，又再次含住了陰莖。知行沒有回覆，只是溫柔地撫摸年輕女人的頭，將全身交付給即將第二次射精所帶來的歡愉。

純　花

吉崎家的客廳裡，擺著一個小小的骨灰罈。靠牆的邊桌上，擺有妻子純子手作的粉色座墊，骨灰罈就被安置在繡有金線的骨灰袋與小小的桐木納骨箱裡。吉崎俊宏第一次見到那骨灰罈時，不禁為了那極為迷你的尺寸震驚得說不出話來。

那是個高四吋，也就是十二公分的白磁罈。當他知道原來也有販售兒童用的骨灰罈時，感到相當震驚。全國各地或許有無數失去孩子的父母，悲傷的家庭不只有自己家這個事實，卻一點也沒有安慰到他。遇到這種事的人，光是我們就已經讓人相當難以承受了。在殯儀館與妻子一起撿起的孩子遺骨，只將四吋的骨灰罈填滿了一半。

據說這是因為嬰兒的骨頭相當柔軟，裡頭飽含了水分。

經過那把火後仍殘留下來的骨頭，全都像鳥羽毛一樣輕薄。

純花是他們結婚四年第一個女兒。

那時，正好雙方的父母也因為想要孫子而施壓得越來越嚴重。俊宏與純子並沒有避孕，更不是缺乏性生活。他們自認應該與其他夫妻的次數差不多。雖然提不起勁，但他們也商量著是否要接受不孕治療。

當確定懷孕時，年輕夫妻非常開心。但周圍的反應比他們更加誇張。嬰兒車、嬰兒床、嬰兒浴盆，還有數不清的智育玩具。兩人的父母爭先恐後地不斷贈送嬰兒禮物。在純花出生之前，房間裡就有一大堆玩具了。

孕婦的身體狀況也很健康，與肚子裡的孩子一起逐漸成長。雖然第一次生產非常疼痛，在分娩室裡待上了十六小時，但妻子抱著剛出生的女嬰時，臉上的表情非常耀眼。笑著的純子抱著滿是皺紋如紅色猴子般的新生嬰兒，汗溼的瀏海貼在額頭上，也因為沒有化妝，眉毛大概只有一半長度。但那張照片直到現在都是俊宏的寶物。那是去年春天的事。

從母親的名字裡取一字出來，純花。被如此命名的女孩是個不會夜啼，很好照顧的嬰兒。雖然純花才剛出生，聽不懂大人對她說的話；但每當父母對她說話時，她總是會以深思熟慮的眼神回望。看到純花這個樣子，他們總是覺得這孩子應該真的聽得懂。

他們的夏秋兩季因為養育著第一個嬰兒，過得相當熱鬧。

對兩人來說，這短暫的季節也讓他們覺得，自己的家庭似乎正沐浴在特別的光芒之中。

再兩天就迎接新年的清晨。

俊宏在床裡被不尋常的聲音喚醒了。那是妻子的叫聲。

「純花、純花……」

狹窄的公寓臥房裡，夫妻用的床鋪旁邊，就擺放著圍有橢圓形護欄的嬰兒床。當俊宏睜開眼後，便看到妻子身體探入木製的護欄裡，粗魯地搖晃著嬰兒。

「怎麼了？發生了什麼事？」

妻子抬起了臉，眼裡已經蓄滿了淚水。一定是發生了什麼非常糟的事。俊宏的心裡充滿了不好的預感。

「純花沒有呼吸……身體也是冷冰冰的。」

他跳了起來，將手撫上八個月大嬰兒的脖子。原本總是讓人擔心是否發燒的暖熱體溫，現在卻像是溫水一樣；無論哪個部位都摸不到脈搏。雖然俊宏沒有任何急救常識，他還是解開嬰兒睡衣的衣襟，雙手交疊開始按摩，並將氣息吹入已經變為紫色的小小嘴唇。

「快去叫救護車。」

純子顫抖的手抓起了手機，雖然相當慌亂，依舊正確告知醫院家裡地址。在救護車抵達的十五分鐘裡，純子不斷呼喚著嬰兒的名字，而俊宏則是毫不間斷地按摩已無反應的嬌小身體。俊宏根本不知道自己是什麼時候哭泣的。當他聽到救護車的警鈴，抱起純花的身體時，沒想到她的睡衣已經沉甸甸地吸滿了水分。

他是在搭上救護車後，才知道那都是自己的淚水。

在送到附近的急診醫院後兩個小時，醫生宣告純花死亡的消息。年輕的醫生垂著眼，告訴他們這是典型嬰兒猝死症。嬰兒的大腦裡發生了呼吸循環機能出了問題，導致無法在睡眠時從呼吸中止狀態清醒，就這樣缺氧窒息而死。通常發生在冬天，若身處過熱的房間並穿著過多的衣服造成體溫上升，便容易發症。

聽到這些話，純子不禁抱頭懊惱。

「我在天氣預報聽到今天早上會是這個冬天最冷的時候，是我讓那孩子比平常多穿了一件睡衣的。是我殺死了純花。」

純子蹲在醫院冰冷的走廊上，大聲痛哭了起來。醫生別開了眼，含糊地說著。

「因為沒有人可以預測到會發生這種情況，才會稱呼為猝死症……不是媽媽的錯。」

俊宏聽了醫生的話後，卻無法開口答話。就連指尖都無法稍稍觸碰抱著頭，縮得如石頭一般的妻子身體。

在那之後，一切都像是在作夢一樣。

向趕到醫院的兩人父母說明情況，安排葬儀事務。由於俊宏的心已經死去了一部分，反而對一切都沒有了猶豫，就只是迅速地一一處理了各種手續。正好是新年連休，公司方面也沒有影響。

前來喪禮弔念的人數多得出乎意料。許許多多的人為了出生才八個月的女孩一起哭泣著。光是如此就非常令人感動了。雖然純子每天都在哭泣，但俊宏自從在急診室後就再也沒有哭過。

他依照習俗以喪主身分向弔念的人打過招呼後，便前往殯儀館撿骨。在這段時間，俊宏臉上甚至也浮現了小小的微笑。感覺就像是在自己與這世界之間，產生了巨大的裂縫；這扭曲的空洞也吞沒了朋友或同事的安慰。無論什麼話語都無法傳達到俊宏的心裡；對他來說，這反而值得感謝。

在新年連假結束重回公司工作後，俊宏便全力投入工作。純花不在了，就算再怎麼工作也沒有意義。不過，諷刺的是他的業績也因此成長了。俊宏不禁感謝，幸好還有工作可以讓他逃避。

沒有工作的純子每天都坐在小小的骨灰罈前。素著一張臉，身上也穿著家居服。孩子的玩具與嬰兒床都被收拾乾淨了，她就這樣窩在空蕩蕩的公寓裡。不開電視，也幾乎不出門。

俊宏是第一個發現純子異狀的人。

他發現在廚房洗碗的妻子後腦杓似乎反射著白色的光。

「純子，妳的頭怎麼了？」

妻子雙頰消瘦，緩緩地轉過了頭。

「沒有什麼啊。」

「好像有著白色的傷口啊。」

他從客廳的椅子站起身，繞到妻子後頭。或許是悲傷奪去了她頭髮的光澤，髮質變得乾燥，感覺就像是老了十歲。俊宏分開妻子後腦杓的頭髮，便看到了蒼白的頭皮。

「這是……」

大小就跟嬰兒手掌差不多，上頭的頭髮全都掉光了。純子揮開了俊宏的手。

「洗頭時我也有注意到，但全都無所謂了。那孩子不在，頭髮跟身體也都無所謂了。」

俊宏不禁啞口無言；因為他自己也覺得工作或公司都無所謂了。只要有能讓他分心的事物，無論對象是什麼都無所謂。對俊宏來說，那對象正好就是工作罷了。

純子又繼續洗起了碗盤。她的背影就像是緊閉的門扉一樣堅硬，全身上下都拒絕俊宏的觸碰。她的肩膀顫抖，或許是因為她正壓低聲音哭泣。俊宏為了逃避妻子的淚水，躲進了自己的房間。他打開了電腦，開始忙起根本就無所謂的工作後續。

一個月，又一個月過去後，兩人逐漸恢復了日常生活。

俊宏發現自己在公司會被同事的笑話惹笑，心裡感到有些新鮮。原來笑這個動作，會帶來這麼奇妙的感覺。不過，即使季節換成了春天，綠意也四處萌生，純子與俊宏的關係還是沒有改變。即便在外頭會露出笑容，只要回到家後，心裡的時鐘就會隨之停滯。依舊停在那個冬天的清晨。

在櫻花已經凋落的時候，俊宏為了替妻子換個心情而一起前往溫泉旅行。俊宏預約的是箱根一間遠離塵囂的高級旅館；所有客房都在別館，並各自擁有專屬的露天浴室。考慮到俊宏的薪水，住宿費的確是相當高價，但這個冬天兩人完全沒有購買東西。這點程度的支出，不會造成什麼問題。若是悲傷過於沉重，就連購物的心思也沒有。不僅無法踏出家門，也無意裝扮自己。看見純子的模樣，俊宏也覺得不能讓她這麼下去了。

就連擺滿餐桌的豐盛佳餚，純子也沒什麼享用。俊宏已經忘記妻子美味進食的模樣了。就連夜晚的生活也是一樣，自從純花過世的那天清晨開始，夫婦之間的慾望也都隨之死亡了。

當妻子哭泣，他也會抱住她的肩膀，牽著她的手。不過，卻從來沒有更進一步的肉體接觸。他們兩人都對自己的快樂，或是對方的肉體都失去了關注。他們已經四個月以上沒有性生活了，再這樣下去，就連夫妻都會做不成吧。這趟溫泉旅行也包含了，希望能夠讓兩人身體久違再次結合這個目的。

露天浴室就可以眺望綠色山景的走廊旁。雖然俊宏邀純子一起泡澡，但她只是搖搖頭拒絕而已。他們各自進了鋪好的兩組棉被，關掉燈光後，就只有蟲鳴聲充滿了整間房間。

「我們已經好久沒做了。」

為什麼會這麼緊張呢？就連第一次與純子發生關係時，他也沒有感覺如此坐立不安。但妻子依舊不發一語。

「我們還年輕，一直這樣下去也不太好。」

俊宏在黑暗裡悄悄地窺看著妻子的側臉。純子直直地望著天花板，眼白散發著淡淡的藍光。臉上完全見不到一絲表情。

「我可以過去妳那邊嗎？」

沒有回覆。俊宏踢開自己的棉被，移到了隔壁的棉被裡。妻子沒有拒絕，只是繼續望著天花板。當了四年夫妻，當然能夠輕易地在對方的肉體上開展快感的地圖。俊宏仔細地愛撫起妻子遠比記憶裡要來得消瘦的身體。

即便脣瓣相貼，妻子也只是緊緊咬著牙，不願意張開嘴。他花了雙倍的時間愛撫妻子後，試著將手探入浴衣的下擺。但性器就與肌膚一樣，柔軟卻乾燥。他覆身緊抱住她的身體，但攤躺的妻子卻一點反應也沒有。

俊宏的性器也是一樣。就連不斷愛撫妻子的時候，也不曾完全硬挺過。俊宏從短短的數十公分距離，直直望著純子的臉。妻子就如鏡子一樣回望自己，眼神冷淡，絲毫沒有任何一絲慾望的痕跡。

俊宏沉默地從純子的身上爬了下來。他坐在自己的棉被上整理了浴衣，接著也沒有道晚安，就直接背向妻子入睡了。

從旅行回來後，俊宏更是難以觸碰妻子。分明兩人還是三十出頭，性慾卻比生孩子前要來得更加淡薄。雖然不是完全沒有想做愛的想法，但一想起在旅行時看到的妻子側臉，原本動搖的情慾也迅速地冷卻了。

四、五月，在一年中最舒適的季節裡，就在完全沒有觸碰妻子一根手指的情況下度過了。但俊宏並沒有不滿，雖然有時會擔心自己是否就會這樣，到死之前都無法再與任何人做愛。不過，他都會這麼安慰自己。如果不做也能過活，那也不錯啊。白天拚命工作，晚上則疲勞地入睡。雖然寂寞，但重複這種生活也以足夠。若是五個月都沒做愛，也會越來越覺得性愛是件愚蠢的行為。

沾滿黏液地交合著身體，用著愚蠢的姿勢擺動著腰身，真是太過愚蠢了。不該是人類應有的行為。不知不覺之中，俊宏也用著如此冷淡的態度看待性愛。

進入梅雨季一陣子，大概是七月初的時候。

在公司加班的俊宏收到了一封訊息。是純子寄來的。

＞今天也會晚下班嗎？

＞我有很重要的話跟事情要拜託，

＞你可以早點回家嗎……

她應該是精神上無法承受，打算回老家休養了吧。看到這封訊息時，俊宏的腦海裡浮現了離婚這字眼。純花出事後這半年以上的日子，純子都過得悶悶不樂。即使隨時發生什麼壞事都不奇怪。

小雨從早晨一直下到了晚上。俊宏決定不繼續加班，直接回家。他立刻回覆了妻子的訊息。從離家最近的車站走回家的腳步，也不自覺地加快。在快到公寓附近時，他已經不顧西裝的肩膀會淋溼，小跑步了起來。

他打開了冰冷的金屬門，家裡仍是一片昏暗。最先進到視野裡的，是妻子正坐在玄關的身影。頭髮似乎吹整得漂漂亮亮，臉上也久違地畫好了妝。身上穿的不是很像運動服的室內服，而是開襟針織衫加上黑色迷你裙。未開燈的玄關裡，她的大腿隱隱散發著光芒。

「老公，你回來啦。」

俊宏驚訝地呆站在原地。家裡似乎也點了薰香。不過，不是為了純花而點的線香，而是帶著性感的香氣。

「究竟發生了什麼事？」

他背著手關起大門後，玄關又變得更加昏暗。妻子的眼睛與旅行的時候不同，散發著淫潤的光芒。這眼神代表著什麼？一下子之後，俊宏便想了起來，那是做愛之前被慾望濡溼的女人眼神。

「純花來見我了。」

妻子的表情扭曲，又哭又笑的。俊宏不知道該怎麼回話才好。她還好嗎？

「你不在家的時候，我常常會睡午覺。將骨灰罈從箱子裡拿出來後，抱在胸前說著『純花，我們一起睡覺吧。』」

俊宏第一次聽說這件事。他直接坐在玄關，好配合純子眼睛的高度。

「我每次都會祈禱。『就算只在夢中也好，請讓我跟純花見面吧。神啊，就算只有一次也好，請將純花帶來我的夢裡。』」

在黑暗中，純子像是在尋找著什麼似地伸出了手。俊宏則是緊緊地握住了她的手。

「然後，今天我就見到純花了。」

「真的嗎？」

妻子笑著點了頭。

「夢境真是不可思議。夢裡頭出現的是一個大約五歲左右的女孩，但我一眼就知道那是純花長大後的樣子。」

雖然俊宏試著想像女兒上幼稚園的模樣，卻還是辦不到。不過，他卻無法懷疑妻子的說詞。畢竟突如其來的死亡是那麼地不可思議，那麼，當要在另一個世界傳達些什麼時，就算發生了不可思議的情況也不奇怪。只有失去親密家人才能體會這種特殊感受，俊宏也誠懇地說道。

「這樣啊，太好了。純子。」

「嗯，雖然是個很短暫的夢，但真的很幸福。那孩子，雖然才五歲但講話就像個小大人呢。」

妻子的淚水似乎傳染了俊宏。他的眼眶在那天之後，久違地冒出了淚水。

「純花說了什麼？」

純子的淚水滾滾落下。

「她說，因為媽媽太冷漠了，爸爸很可憐。媽媽要緊緊抱住爸爸才行。然後又說了，她想在那個世界看到爸爸跟媽媽感情很好的樣子。」

俊宏已經再也忍不住了。他咬著脣，光是忍住不哭出聲就已經用盡了力氣。

「這樣啊……」

妻子也試著完全不隱藏自己的淚水。

「她也有說，想再當一次爸爸跟媽媽的孩子，所以要我們多多相親相愛。那麼嬌小的純花……那孩子她說，她一定會再回來。」

兩人像是吶喊似地大聲哭泣，更在昏暗的玄關裡緊緊地擁抱著對方。

那之後發生了什麼事，俊宏也都只有模糊的印象。他急躁地鬆開領帶，丟到走廊上。被雨淋溼的外套也是一樣，被隨意丟在一旁。這段時間裡，純子則替他鬆開白色襯衫的鈕扣。

俊宏一語不發地脫下了純子的針織衫，接著又拉又扯地解開內衣，掀起裙子，將手探入內褲裡。他們分明只是聊著純花的話題，互相擁抱，並沒有像溫泉旅行時一樣愛撫純子。不過，妻子的性器卻已經濡溼了大腿內側。

純子嬌喘著解開丈夫皮帶的扣環，從內褲上頭確認了陰莖的溫熱與硬挺後，就一口氣拉下了內褲。

「我還沒洗澡。」

「沒關係。」

他們只在前往臥室的走廊上走了一半的距離。妻子用膝蓋慢慢地移動，將丈夫的陰莖含入口中。俊宏則是用還差一點就會感到疼痛的力道用力揉壓著純子的乳尖。他撫摸著女人的頭髮，在她的頭上說道。

「別再用嘴了，我想快點進到純子裡面。」

兩人脫去了身上最後的衣服後，總算到達了臥室。俊宏這時看到了，白色的骨灰罈在床邊桌上散發著溫暖的光芒。就像是用陶器做的擺飾。純子在床墊中央張開雙腿，雙手也朝著丈夫張開。

「讓純花看看吧。看吧，爸爸跟媽媽這麼相親相愛喔。老公，給我吧。」

俊宏一口氣將自己送進妻子的體內。純子的性器則是裡所當然似地，完美地將俊宏吞入內部。技巧不是問題，也與快感毫無關聯。兩人合而為一，陶醉地刻劃著相同的節奏。在睽違半年已久的性愛裡，俊宏立刻就迎向了極限。

「我不行了，純子，我快高潮了。」

「好啊，全部都射在我裡面吧。」

俊宏加速了腰部的動作。陰莖前端聚集了炫目般的熱量。純子小聲地喊著。

「純花、純花、純花……我們在一起生活吧。」

俊宏也呼喊著相同的名字。

「純花、純花……」

妻子毫不疲倦地撫摸著射精後而脫力的丈夫身體。俊宏開始思考方才自己的行為究竟是怎麼一回事。這只是單純的性愛嗎？至少，他可以肯定這場性愛與他出生到現在為止的經驗完全不同。或許人們因為無法找到其他的稱呼，只能將這種肉體與心靈的奇妙連結稱呼為「性」吧。

俊宏的陰莖還在純子體內，依然維持著硬挺。他看向妻子的臉龐，感覺所有的感情似乎與快感一起回到了她的身上。純子笑著說道。

「你還很有精神嘛。」

俊宏點了點頭，輕輕吻上妻子的額頭。

後記

性愛好像成為了過時又無聊的惡行。

多數由於不景氣及經濟低成長而變得保守的人們，全都希望自己可以盡量遠離性愛。草食男子的增加、如火箭般飛升的未婚率，並不只是因為經濟影響，整個時代厭惡性愛的氣氛也在後頭推了一把。

在這種時代，我還特地以性愛為主題寫了十二則短篇小說，真是腦袋出問題了。就連我都對自己愛作對的個性感到無奈。即使如此，我還是想要直接書寫性愛這個主題。

並非典型的官能小說，也不是水手服、蘿莉塔或是熟女這些常出現在現在社會的慾望象徵；原本人的性愛應該更加多彩豐富，充滿了未知的力量。我一直如此深信著。

性愛並不是部分肉體的單純來回運動。

而是頭腦、心靈與身體所有一切都一舉參加的全人行為，對人類這種生物來說更是不可或缺的行為。不只是慾望，更會顯現出社會構造或經濟甚至是個人定位（有時還會有歧視或暴力或支配）等與人息息相關的一切。

所以，性愛才會如此有趣。

我們時常會輕蔑地認為「那種事跟誰做都一樣」，但再也沒有比性愛更能測試個人力量的行為了。感受能力與想像力，體力與溝通能力，演技與變身能力，在只有兩人的密室裡，裸體的人類們使盡所有力氣互相交流。

性愛很舒服；性愛很可愛；性愛很惹人憐愛。性愛中有著感動，也有淚水。性愛能與所有接續詞完美連結，充滿了多彩的故事。這是能連結男女（當然也有同性），並孕育新生命的神聖力量。

外國的保險套公司公開了各國的一年性交次數。加班時間為世界頂尖的這個國家，同時也獲得了次數最少的悽慘數字。只有我一個人對這件事感到落寞嗎？

我打從心裡期望，這個國家不只是GDP，就連生命與性愛喜悅的豐足也能成為頂尖。為了那一天的到來，最後在此寫下我所提倡的標語。

「與喜歡的人，多多享受。」

最後，我就如往常地在此向各位相關人士致謝。

講談社《小說現代》的今井秀美小姐，豐富的真實事例真的幫了我大忙。文藝圖書第二出版的堀彩子小姐，每次時間都如此緊湊，真的辛苦了。負責設計的高柳雅人先生，很謝謝你素雅但性感的設計。

我今後也會一點一滴地繼續書寫這個系列。接下來就在《sex2》再見吧。在此之前，還請各位多多享受好書與每好的性愛。這兩個都是大人生活不可或缺的珍貴時間。

寫於溫暖的二月午後　石田衣良

特別附錄

我們真的非常煩惱——衣良老師，究竟該怎麼做才好？

性愛煩惱諮詢室Q&A

五位煩惱的女性各自抱著難以對他人啟口的性愛煩惱，就請石田衣良老師在此回答吧。

Q 我想與目前的男友結婚，可是卻無法改掉劈腿的習慣。（二十八歲）

我一直都有劈腿對象。跟目前的男友交往四年半，同居一年半的時間，從一年前開始就過著無性生活。他不僅能幹，價值觀也與我非常相近，我心裡一直有跟他結婚的打算。另一方面，我對劈腿對象完全沒有感情，每次見面就只是上床罷了。一旦結婚之後，我就不想再繼續劈腿了，但實在很擔心自己無法只對丈夫忠實。這種情況下，跟他結婚的選擇真的正確嗎？

A 我覺得這位女性就算結婚了也不會改變。就算新婚時還能忍耐，但過段時間，應該又會開始外遇吧。畢竟她已經喪失對現任男友的熱情了。我想她應該是將現任當成安全牌，雖然沒有太大的不滿，卻也找不到非常吸引她的優點。兩人結婚之後，應該也會出現她所擔心的情況。

要不要試著先取消同居看看？這麼一來就能冷靜看待兩人的關係。若是真的覺得受不了，就分手找其他對象就好。要是怎麼樣都想要結婚，就硬下心腸，就這樣一輩子說謊「只愛你一個人」。當然，要是真的外遇了，也要小心絕對不要被發現，更得努力要讓老公幸福才行。

或許說謊會讓她產生罪惡感，但「結婚就必須互相展露出最真實的自己」這種想法才是錯的。與丈夫以外的人熱烈地相愛，不斷說謊，就這樣變成老奶奶的人應該也很多吧。結婚生活正是因為有這種不同的面貌，才會有趣。

Q 雖然與男友做愛時身體很契合，但卻怎麼樣都無法想像與他一起的未來生活。（三十二歲）

至今我總是不乏交往對象，但三十二歲已經接近適產年齡的上限，心裡也不禁開始急著想要結婚了。我的戀人三十九歲，在一起很開心，身體也很契合。但是我無法想像跟他結婚，或是十年後兩個人的模樣。雖然他是個很棒的男友，但也會是個好的結婚對象嗎？

A　就算無法想像十年後或二十年後跟他在一起的未來，那又有什麼關係？應該重視的是跟男友在一起很開心，跟他做愛很舒服這類現在的想法。而且，根本就沒有跟自己百分之百契合的戀人或是結婚對象。與其盲目尋找那樣的對象，建議還是跟現任男友結婚吧。

這位女性目前三十二歲，在目前為止似乎也很受男性歡迎。但是，再過三、四年狀況就會大幅轉變。雖然可惜，但一般來說，女性的市場價值在過了三十五歲之後就會大幅下降。更有調查顯示，三十五歲之後的女性，結婚機會也會大為減少。大多的男性在看待三十前半與三十後半的女性時，標準也會完全不同。

若是現任男友對結婚不太積極，可以試著說「我差不多也想要孩子了……」畢竟對方也三十九歲了，應該不會拒絕。若是他的反應不好，最好就跟這種男人分手吧。就算分手了，如果遇到下一位合得來的男性，不如別想太多就跟他結婚吧。

像結婚這種人生大事，最好靠感覺或是直覺來決定。反倒是其他小事，像是今天要穿哪件襯衫、今晚要吃什麼等等，這種事最好一一仔細思考。這其實也是能讓人生順利的祕訣。

Q 結婚六年後又過著無性生活，我都快外遇了。（四十二歲）

自從兩年前孩子出生之後，就與比我年長兩歲的丈夫過著無性生活。即使我主動，他也會用「我很累」來拒絕我。雖然不覺得他有外遇，但這兩年裡他真的可以過著毫無性愛的生活嗎？再這樣下去，我都要外遇了。難道，只要能歸因於生理緣故就沒問題了嗎？

A 性愛就與家裡蹲一樣。若是拖到五年、十年的話，就會越來越難解決，必須要盡早處理。

可以試著將孩子寄住在老家一晚，就你們夫妻倆一起喝酒悠閒聊天。「要是再這樣下去，對我們這個家庭來說，也讓我覺得很害怕。」像這樣，只要傳達自己的心情，而不要責備對方。還有，也請詢問丈夫在工作上有沒有壓力。占據男性頭腦大部分的就是工作，若是工作不順利，根本無法享受其他事物。

只要觀察過著無性生活的情侶們，時常都會讓人有著溝通不足的印象。若是能夠分享較為棘手的工作煩惱，我想應該也能自然地商量性愛方面的煩惱。

說到情侶們之間的溝通，不可或缺的就是兩人每天的創意。應該有許多人都忽略了這一點。要是每天都吃雞蛋拌飯，無論多麼好吃最後還是會膩；要是一直都跟同個人做一樣的愛，當然也會膩。藉由嘗試不同的方式，身體的契合度也有可能會越來越高，或是意外找到對另一半的新發現。這正是與同個對象長久交往的醍醐味。

Q 我一直都很喜歡弟弟，因此無法對其他男性產生興趣。

我因為太喜歡同住一個屋簷下，小我五歲的弟弟，根本無法與其他男性戀愛。雖然一開始只是淡淡的愛慕，最近卻認真想與弟弟做愛。可是弟弟已經有女友，更完全沒注意到我的心情。雖然也想過乾脆一口氣告訴弟弟我的感情，但要是這麼做，弟弟一定會離開家裡；我也很害怕會被父母知道。

A　只要弟弟答應，我想跟弟弟做愛也沒什麼問題。古今東西，近親相姦一直都不是什麼少見的事，應該也有很多人只是沒公開，但家人之間互相相愛。實在不需要懷抱著那麼強烈的罪惡感。

不過，我也覺得妳因為太過煩惱，而過度執著於弟弟了。在這背後最大的理由，我想果然還是「禁忌」。不如乾脆試著向弟弟提出要求，真的做過愛之後，說不定反而會心想「不過如此罷了」，進而脫離這種過度執著的狀態。要是被拒絕了，那也沒辦法，就放棄這感情離家獨立生活吧。

搬離家裡後，請一定要找到能代替弟弟的戀人。推薦最好找跟弟弟差不多年紀，可愛的小弟弟。最近有許多男性也喜歡被戀人叫「哥哥」，要是試著互叫「姊姊、弟弟」，說不定會喜歡上。這位女性似乎是相當容易往壞處想，容易鑽牛角尖的類型，可以試著稍微輕鬆一點。

Q 我已經結婚也有孩子，但從來沒有高潮過。（二十九歲）

雖然老公人很好，孩子也很可愛，現在的生活也非常幸福。但身為一個女人，人生中連一次都沒有高潮過實在是太寂寞了吧？跟老公做愛時總是毫無變化，最近就連做愛時也沒有絲毫熱情。雖然我也自慰過，也很舒服，但實在不太懂什麼才是高潮的感覺。

A 這位女性的內心，似乎對性愛有著防衛。比方說，從小就被父母教導與性相關的事都很「下流」。我想，首先得先解除這層防衛才行。

雖然大眾很容易誤會性愛只是身體上的行為，但要是腦袋沒進入狀態，也無法順利進行。請試著回想究竟是什麼能讓自己感到與奮。無論是戀愛連續劇、漫畫、小說都可以，請試著尋找能讓自己感到興奮的場面。試著跟另一半一起看有些情色的影片也不錯。另外，跟老公做愛時也感覺不到熱情這個煩惱，若只是躺著不主動，絕對不會覺得舒服。

關於自慰，也請多試試看其他方法。就算一開始沒有感覺，但最好還是試著不時挑戰。現在只要上網就能輕鬆買到按摩棒，也能用肩膀用的按摩器嘗試。如果還是一樣沒有感覺，也可以試著去女性專用的風俗店。那方面的專家會使用雙手或道具，並花上大把時間好好服務。

這位女性若是對性愛覺醒了，應該可以度過非常令人驚豔的三十歲生活。請期待著那一天的到來，不要放棄，邊享受邊努力吧！（笑）

高寶書版集團
gobooks.com.tw

TN 255
SEX
作　　者　石田衣良
譯　　者　賴芯葳
主　　編　吳珮旻
責任編輯　蕭季瑄
封面設計　張閔涵
內頁排版　李夙芳
企　　劃　何嘉雯

發 行 人　朱凱蕾
出　　版　英屬維京群島商高寶國際有限公司台灣分公司
　　　　　Global Group Holdings, Ltd.
地　　址　台北市內湖區洲子街88號3樓
網　　址　gobooks.com.tw
電　　話　(02) 27992788
電　　郵　readers@gobooks.com.tw（讀者服務部）
　　　　　pr@gobooks.com.tw（公關諮詢部）
傳　　真　出版部　(02) 27990909　行銷部 (02) 27993088
郵政劃撥　19394552
戶　　名　英屬維京群島商高寶國際有限公司台灣分公司
發　　行　英屬維京群島商高寶國際有限公司台灣分公司
初　　版　2019年 6 月

國家圖書館出版品預行編目(CIP)資料

SEX／石田衣良著; 賴芯葳譯 -- 初版. --
臺北市：高寶國際出版：高寶國際發行, 2019.06
面；　公分. -- (文學新象；TN 255)

ISBN 978-986-361-693-1（平裝）

861.57　　　108007185

GOBOOKS & SITAK GROUP©